冯骥才

孤独者的自由

冯骥才 著

山东文艺出版社

图书在版编目（CIP）数据

孤独者的自由:冯骥才经典散文/冯骥才著.—济南:山东文艺出版社,2021.1
ISBN 978-7-5329-6151-1

Ⅰ.①孤… Ⅱ.①冯… Ⅲ.①散文集—中国—当代 Ⅳ.①I267

中国版本图书馆 CIP 数据核字(2020)第 085853 号

孤独者的自由
冯骥才经典散文
冯骥才 著

主管单位	山东出版传媒股份有限公司
出版发行	山东文艺出版社
社　　址	山东省济南市英雄山路 189 号
邮　　编	250002
网　　址	www.sdwypress.com

读者服务	0531-82098776（总编室）
	0531-82098775（市场营销部）
电子邮箱	sdwy@sdpress.com.cn

印　　刷	山东临沂新华印刷物流集团有限责任公司
开　　本	880 毫米×1230 毫米　1/32
印　　张	8.25
字　　数	185 千
版　　次	2021 年 1 月第 1 版
印　　次	2021 年 1 月第 1 次印刷
书　　号	ISBN 978-7-5329-6151-1
定　　价	45.00 元

版权专有，侵权必究。如有图书质量问题，请与出版社联系调换。

目 录

辑一　灵魂的巢

003	麻雀
007	书桌
015	谜
021	捅马蜂窝
025	珍珠鸟
028	空信箱
031	花脸
036	秋天的音乐
041	逼来的春天
046	白发
049	冬日絮语
053	时光
056	苦夏
060	灵魂的巢

辑二　长衫老者

067	挑山工
073	快手刘
078	长衫老者
080	猫婆
087	好嘴杨巴
091	歪儿
094	记韦君宜
101	刷子李
104	留得清气满乾坤
107	送谢晋

辑三　水墨文字

115	我心中的文学
122	小说的眼睛
131	画枝条说

133	鲁迅的功与"过"
140	水墨文字
149	文人的书法
151	灵感忽至

辑四　远行漫记

157	细雨品京都
161	维也纳春天的三个画面
165	地铁中的乐手
169	古希腊的石头
176	巴黎的天空
180	最后的凡·高
193	孤独者的自由
204	看望老柴
209	在俄罗斯,谁更接近
	大自然的灵魂
218	今天的布拉格
222	在芬兰的感想
226	一个天才的悲剧

辑五　田野档案

233	晋地三忧
238	杨家埠的画
243	为周庄卖画
248	大雪入绛州
253	废墟里钻出的绿枝
257	细雨探花瑶

辑一

灵魂的巢

麻　雀

　　这种褐色、带斑点的尖嘴小鸟，为什么要在城市里落居为生？我想，一定有个生动并颇含哲理意味的故事。不过这故事只能虚构了。

　　这是群精明的家伙，贼头贼脑，又机警，又多疑，似乎心眼极多。北方人称它们为"老家贼"。

　　它们从来不肯在金丝笼里美餐一顿精米细食，也不肯在镀银的鸟架上稍息片刻。如果捉它一只，拴上绳子，它就要朝着明亮的窗子，一边尖叫，一边胡乱扑飞；飞累了，就垂下来，像一个秤锤，还张着嘴喘气。第二天早上，它已经伸直腿，闭上眼死掉了。它没有任何可驯性，因此它不是家禽。

　　它们不像燕子那样在人檐下搭窝，而是筑巢在高楼的犄角，或者在光秃秃的大墙中间，脱落掉一两块砖的洞眼里。在那儿，远远可见一些黄黄的草，五月间，便由那里传出雏雀一声声柔细的鸣叫。这些巢总是在离地很远，又高又险，人手摸不到的地方。

　　经常同人打交道，它懂得人的恶意。只要飞进人的屋子，人们总是先把窗子关上，然后连扑带打，跳上跳下，把它捉住，拿出去给孩子们玩弄，直到它死掉。从来没有人打开窗子放它飞去。因此，一辈辈麻雀传下来一个警句：不要轻易相信人。麻雀生来就不相信人。它长着土的颜色，为了混淆人的注意力。它活着，提心吊胆，没有一刻得以安心。逆境中磨炼出来的聪明，是它活下去的本领。它们几千年来生活在人间，精明成了它们必备的本领。你看，所有麻雀不都是这样吗？春去秋来的候鸟黄莺，每每经过城市都要死去一批，麻雀却在人间活下来。

　　它们每时每刻都在躲闪人，不叫人接近它们，哪怕那个人并没看见它，它也赶忙逃掉。它要在人间觅食，还要识破人们布下的种种圈套，诸如支起的箩筐、挂在树上的铁夹子、张在空间的透明的网等，还有在这上边、下边、旁边撒下的一些香喷喷的米粒面渣，还有那些特别智巧的人发明的一种又一种奇特的新捕具。

　　有时地上有一粒遗落的米，亮晶晶的，那么富于魅力地诱惑着它。它只能用饥渴的眼睛远远盯着它，却没有飞过去叼起来的勇气。它盯着，叫着，然后腾身而去——这是因为它看见了无关的东西在晃动，生起疑心或警觉，或者无端端地害怕起来。它把自己吓跑。这样便经常失去饱腹的机会，同时也免除了一些可能致死的灾难。

　　这种活在人间的鸟儿，长得细长精瘦，有一双显得过大的黑眼睛，目光却十分锐利。由于时时提防人，反而要处处盯着人的一举一动。脑袋仿佛一刻不停地转动着，机警地左顾右盼。起飞的动作有如闪电，而且具有长久不息的飞行耐力。

　　它们总是吃不饱，需要往返不停地奔跑，而且见到东西就得快吃。有时却不能吃,那是要叼回窝去喂饱羽毛未丰的雏雀。

雏雀长齐翅膀,刚刚学飞时,处境异常危险。它们跌跌撞撞,落到地上,就要遭难于人们的手中。更可怕的是,这些天真的幼雀,总把人料想得不够坏。因此,大麻雀时常对它们发出警告。诗人们曾以为鸟儿呢喃是一种开心的歌唱,实际上,麻雀一生的喊叫中,一半是对同伴发出的警戒的呼叫。这鸣叫里包含着惊心和紧张。人可以把夜莺的鸣叫学得乱真,却永远学不会这种生存在人间的小鸟的语言。

愉快的声调是单纯的,痛苦的声音有时很奇特。喉咙里的音调容易仿效,心里的声响却永远无法模拟。

如果雏雀被人捉到,大麻雀就会置生死于度外地扑来营救。因此人们常把雏雀捉来拴好,耍弄它,让它吱吱叫喊,旁边设下埋伏,来引大麻雀入网。利用血缘情感来捕杀麻雀,是万无一失的。每每此时,大麻雀总是失去理智地扑去,结果做了人们晚间酒桌上一碟新鲜的佳肴。

在这些小生命中间,充满了惊吓、危险、饥荒、意外袭击等一桩桩想起来后怕的事,以及难得的机遇——院角一撮生霉的米。

它们这样劳碌奔波,终日躲避灾难,只为了不入笼中,而在各处野飞野跑。大多数鸟儿都习惯一方天地的笼中生活,用一身招徕人喜欢的羽翼,耍着花腔,换得温饱。唯有麻雀甘心在风风雨雨中,过着饥饿疲惫又担惊受怕的日子。人憎恶麻雀的天性。凡是人不能喂养的鸟儿,都称作"野鸟"。

但野鸟可以飞来飞去;可以直上云端,徜徉在凉爽的雨云边;可以掠过镜子一样的水面;还可以站在钻满绿芽的春树枝头抖一抖疲乏的翅膀。可以像笼鸟们梦想的那样。

到了冬天，人们关了窗子，把房内烧暖，麻雀更有一番艰辛，寒冽的风整天吹着它们。尤其是大雪盖严大地，见不到食物，它们常常忍着饥肠饿肚，一串串落在人家院中晾衣绳上，瑟缩着头，细细的脚给肚子的毛盖着。北风吹着它们的胸脯，远看像一个个褐色的绒球。同时它们的脑袋仍在不停地转动，还不失对人为不幸的警觉。

哎，朋友，如果你现在看见，一群麻雀正在窗外一家楼顶熏黑的烟囱后边一声声叫着，你该怎么想呢？

1970 年 2 月写，1982 年 6 月整理

书　桌

我有一张小小的书桌。它又窄又矮,破旧极了。在外人眼里简直不成样子。上边的漆成片地剥落下来,残余的漆色变得晦暗发黑,连我自己都认不准它最初是什么颜色。桌面又满是划痕、硬伤,还有热水杯烫成的一个个套起来的深深浅浅的白圈。它一边只有三个小抽屉,抽屉的把手早不是原套了。一个是从破箱子上移来的铜把手,另两个是后钉上去的硬木条。别看它这副模样,三十年来,却一直放在我的窗前,我房间里透进光来的地方。我搬过几次家,换过几件家具,但从来没有想到处理掉它……

"这么难看还要它干吗?!要是我早劈掉生火了!"

"它又不实用。你这么大人将就这样一张小桌子,早晚得驼背!"

"你怎么就是不肯扔掉这破玩意?难道它是件宝?你说呀……"

我笑而不答。那淡淡的笑意里包含着任何知己都难以理解、难以体会到的一种,一种……一种什么呢?

没有共同的经历就不会有同感。有时，同感能发挥出非常奇妙的作用，它能成为两颗心相融的最短、最直接的通道。如果没有同感，说它做什么？还不如独自一人到树林里，踩着落叶，自己对自己默默地说它一阵子，排遣出来，倒是一种慰安。

我无法想起，究竟是什么时候，我开始使用这小桌的。我只模模糊糊记得，最初，我是站在它前面写写画画，而不是坐着。待我要坐下时，屁股下边必须垫上书包、枕头或一大沓画报，才能够得上桌面……

记忆里，幼时的事，都是穿不成串的珠子。这珠子却在记忆的深井的底滴溜溜、闪闪发光地打转，很难抓住它们——

我把"人"字总误写成"入"字，就在这桌上吧！

我一排排地晾干玩弹弓用的小泥球，就在这桌上吧！

我在小木板上钉钉子，就在这桌上吧！

对，就在这儿。桌面上原来有一块能够照见自己脸的光光的玻璃板，给我钉钉子时打碎了——这件事我可记得清清楚楚，为此我还挨爸爸一通好打呢！也许打得太疼，我才记得十分牢。但过后我却一点也不后悔。因为，从此我做过的、经历过的、经受过的许许多多的事，都在这没有玻璃板保护的桌面上留下了痕迹。

桌面上净是些小瘪坑。有的坑挺深，像个洞眼，蚂蚁爬到那儿，得停一下，迟疑片刻，最后绕过去……细细瞧吧，还满是划痕呢，横竖歪斜，有的深，如一道沟，有的轻浅，还有的比蛛丝还细。这细细的印痕，是不是当初刮铅笔尖留下的？那一条条长长的道道，是不是随意用指甲划上去的？那黑乎乎的一块，是不是过年做灯笼，烤弯竹条时碰倒了蜡烛烧的？分辨不清了，原因不明了，全搅在一起了。这中间还混着许多字迹，钢笔的、铅笔的、墨笔的，还有用什么硬东西刻上去的。也有画上去的形象，有的完整，有的破碎——一只靴子啦，一杆枪啦，一张侧面脸啦……这是不是我的自画像？年深日久，早都给磨得模糊一片。痕迹斑驳的桌面，有如一块风化得相当厉害、漫漶不清的碑石。

但我从中细心查辨，也能认出某些痕迹的来由，想起这里边包含着的、只有我才知道的故事，并联想到与此有关或无关的、早已融进往昔岁月中的童年生活。

为此，我很少用湿布去拭抹它。

只有一次例外。那是我上小学四年级时。我前排坐着一个女同学，十分瘦弱。她年龄与我一般大，个子却比我矮一头。两条短短的黄辫，简直是两根麻绳头。一天，上语文课，我没听讲，却悄悄把眼前的两条黄辫子拴在这女同学的椅子背上。正巧老师叫她回答问题，她一起身，拴住的辫子扯得她头痛得大叫。我的语文老师姓李，瘦削的脸满是黑胡楂，连脸颊上都是。一副黑边的近视镜遮住他的眼神，使我头次见到他时以为他挺凶，其实他温和极了。他对我们调皮的忍耐限度比别的老师都大。但不知为什么，那天他好厉害，把我一把拉到课堂前，叫我伸出双手，狠狠打了十多板子。他真生气呢！气呼呼地直喘，什么话也说不出来了，只指着门瞪圆眼对我吼道："走！快走！"我离开了课堂，一路跑回家。我手疼倒没什么，但当众挨打受罚，我的自尊心受不了。于是，我眼泪汪汪地在桌上写了"李老师是狗"几个字。我写得那么痛快和解气，好像这几个字给我报了什么"仇"似的。这几个字就相当威风地在我桌上保留了好长时间。

在表的滴答声中，在上课下课的铃声中，在雨和雪轮番交替敲打窗子的声音中，我长大起来，事也懂得多了。桌上那几个字却不那么神气了。反而怕被人瞧见，似乎成了一种不光彩，甚至是耻辱的污迹。我带着一种说不清是对李老师，还是对长大后再也遇不到的那个瘦弱的女同学的愧疚心情，用手巾尖蘸些水使劲把这几个字抹下去。

真奇怪！字抹掉了，好像心里干净了一些。

我上了中学，毕业了，参加了工作。我写信、写文章、画画、吃东西，做些什么七零八碎的事都在这桌上，它一直伴随着我。

但它在我长大起来的身躯前，渐渐显得矮小，不合用了。而且用久了，愈来愈破旧，在后来买进来的新家具中间，显得寒碜和过时。它似乎老了，早完成了使命，在人世间物换星移的常规里等待着接受取代。

有一天我画画。画幅大，桌面小。不得不把一半画纸垂到桌下，先画铺在桌面上的一半；待画得差不多时，再拉上纸来画另一半。这样就很难照顾到画面的整体感，我画得那么别扭，真急了，止不住愤愤地骂道：

"真该死，这破桌子！"

它听着，不吭一声。等我画好了画，张挂起来，画面却意外地好。我十分快活，早把桌子忘在一旁。它呢？依然默默旁立。它就是这样与我为伴，好像我不抛掉它，它就一心而从无二意地跟随着我。是不是由于它仅仅是无生命的物品，我从未把它作为一只小兔、小猫、小鸟那样的伴侣？但是，小兔死了，小猫跑了，小鸟飞了，它却不声不响地有心地记下我生活经历过的许多酸甜苦辣,并顺从地任我做任何有损于它的事。当一次,我听说自己遭遇不幸,是因为被一位多年来与我非常要好的朋友出卖时,我忍受不住,发疯似的猛地一拍桌面:

"啪!"

桌面上出现一条长长的裂缝;我那颗初入社会纯真的心上,也暗暗出现一条裂痕。它竟同我一样。

从此,我便不觉地爱护起它来了。

我有过一个女朋友。她是一只快乐的小鸟——那早晨站在沾着露水的枝头抖动翅膀,在阳光里飞来飞去,在烟囱上探头探脑的小鸟。她总笑。她整天似乎除去快乐什么也不知道。她在任何一群人中出现,都能极快地把快乐通过笑,通过活泼的目光,通过喜气洋洋的俊俏的小脸,通过率真的动作,传染给每一个人。我说她的快乐是照眼的、悦耳的、香喷喷的,是魔术。我称她为"快乐女神"。

她一双腿长长的,爱穿一条淡蓝色的短裙。她一进屋来,常常是一蹦就坐到小书桌上——这或许是因为她还带着些孩子气;或许是因为她腿长,桌子矮,坐上去正合适。

我呢?过去吻她,高矮也正好。我吻她,她不让。一会儿把脸甩向左边,一会儿又甩到右边,还调皮地笑着。她那光滑的短发像穗子一样在我笨拙的嘴唇上蹭来蹭去。

以后,由于挺复杂的原因,她终于说:"我们的爱没有物质土壤,幻想的种子连幻想也结不出来了。"这句话,她说了许多遍,一次比一次肯定,最后她无可奈何又断然地离去了。

稀奇的是,那"快乐女神"始终与我这哑巴桌子连在一起。

每当我的目光碰到桌沿，就会幻觉出她当初坐在桌上的样子。浅蓝色的短裙扇状地铺开，一双直直又顺溜的长腿垂下来，两只小巧的脚交叉地别着。这时她那动听的笑声好似又在桌上的空间里发出来。

我需要记着的，这桌都给我记着了。而那女神与我临别时掉在桌上的泪滴，却一点痕迹也没留下。大概那不是泪，而是水滴。

桌上唯有一处大硬伤。那是——那天，一群身穿绿服装、臂套红色袖章的男女孩子们闯进我家来。每人拿一把斧头，说要"砸烂旧世界"，我被迫站在门口表示欢迎，并木然地瞅着他们在顷刻间，把我房间里的一切胡乱砸一通。其中有个姑娘，模样挺端正，但她的眼神叫我害怕。她不吵不闹，砸起东西来异乎寻常地细致。她在屋里转来转去，把尚且完整的东西翻出来，一件件、有条不紊地敲得粉碎。然后，她翻出我一本相册，把里面的照片一张张抽出来，全都撕成两半。她做这些事时，脸上没有任何表情。

她忽然把一张照片面对我，问：

"这是谁？"

这是我那"快乐女神"的。我说：

"一个朋友。"

她微微现出一种冷笑，一双秀气的眼睛直盯着我，两只白白的手把这照片撕成细小的碎片。我至今不明白，在那时为什么一些女孩子干这种事时，反比男孩子们干得更彻底、更狠心、更无情。相册中所有女人的照片——我姐姐、妻子、母亲的，她撕得尤其凶，唰唰唰地响。仿佛此刻她心里有什么受不了的情感折磨着她，迫使她这样做。

最后，她临去时，一眼瞥见我的书桌。大约这书桌过于破旧，开始时并没引起他们的兴趣。此刻在一堆碎物中间，反而惹眼了。她撇向一边的薄薄的唇缝里含着一种讥讽：

"你还有这么个破玩意！"

随手一斧子，正砍在桌角上，掉下一块挺大的木渣。

就这样，我过去生活的一切，无论是快乐和幸福的，还是忧愁和不幸的，都留在桌上了。哪怕我忘了，它也会无声地提醒我。

它就摆在我窗前。从窗子透进的光笼罩着它。我窗外是一棵大槐树的树冠，这树冠摇曳婆娑的影子总是和阳光一起投照在我这小小的桌面上。

每当这树冠的枝影间满是小小的黑点时，那是春天，黑点点则是大槐树初发的芽豆豆。这期间，偶尔还有一种俗名叫作"绿叶"的候鸟，在枝间伶俐蹦跳的影子出现在桌面上。夏天来了，树影日浓，渐渐变成一块阴凉，密密实实地遮盖住我的小桌。等到那块厚厚的阴凉破碎了，透现出一些晃动着的阳光的斑点时，秋风还会把一两片变黄的叶子吹进窗。叶子们像几只金色的小船，落在我这如同无风的水面一般平光光的桌面上。随后该关窗子了，玻璃蒙上了薄薄的水蒸气。那片叶无存、光秃秃、只剩下枝丫的树影，便像一张朦胧模糊的大网，把我的小桌罩住……

我常常被这些情景弄得发呆。谁说它丑？它无用？它应当被丢弃？它有着任何华贵的物品都无法代替的风韵和诗意。在它的更深处，甚至还潜藏着思想。

尤其是在阴雨的日子里,乌云像拉上的厚帘子把窗户遮暗了,小桌变成黑影,很像一块浓雾里的礁石,黑黝黝的,沉默无语。忽然一道闪电把它整个照亮,它那桌面上反射着可怕的蓝色的电光。但在这一瞬间的强光里,它上边的一切痕迹都清晰地显现出来,留在这中间的往事一下子全都复活了……

我闭上眼,情愿被再现在幻觉中的往事深深地感动着。

我终于失去了它。

在地震中,塌落下来的屋顶把它压垮。我的孩子正好躲在桌下,给它保护住了生命。它才是真正地为我献出了一切呢!等我从废墟中把它找出来,只是一堆碎木板、木条和木块了。我请来一个能干的木匠,想把它复原。木匠师傅瞅着它,抽着烟,最后摇了摇头。并且莫名其妙地瞧了我一眼,显然他不明白我何以有此意图——又不是复原一件破损的稀世古物。

它就这样在我的生活中没了。

我需要书桌,只得另买一张。新买的桌子宽大,实用,漆得锃亮,高矮也挺合适。我每每坐在这崭新却陌生的大书桌前,就觉得过去的一切像那不能再生的书桌一样,烟消云散,虚无缥缈,再也无从抓住似的……

我因此感到隐隐的忧伤。不由得想起几句话,却想不起是谁说的了:

"呵,生活,你真迷人……哪怕是久已过去的,也叫人割舍不得;哪怕是不幸的,也渐渐能化为深沉的诗。"

1980 年 11 月 12 日

谜

大概是我九岁那年的晚秋,因为穿着很薄的衣服在院里跑着玩,跑得一身汗,又站在胡同口去看一个疯子,受了风,病倒了。病得还不轻呢!面颊烧得火辣辣的,脑袋晃晃悠悠,不想吃东西,怕光,尤其受不住别人嗡嗡出声的说话……

妈妈就在外屋给我架一张床,床前的茶几上摆了几瓶味苦难吃的药,还有与其恰恰相反,挺好吃的甜点心和一些很大的梨。妈妈用手绢遮在灯罩上,嗯,真好!灯光细密的针芒再不来逼刺我的眼睛了,同时把一些奇形怪状的影子映在四壁上。为什么精神颓萎的人竟贪享一般地感到昏暗才舒服呢?

我的房间和妈妈住的那间房有扇门通着。该入睡时,妈妈披一条薄毯来问我,还难受不?想吃什么?然后,她低下身来,用她很凉的前额抵一抵我的头,那垂下来的毯边的丝穗弄得我的肩膀怪痒的。"还有点烧,谢天谢地,好多了……"她说。在半明半暗的灯光里,妈妈朦胧而温柔的脸上现出爱抚和舒心的微笑。

最后,她扶我吃了药,给我盖了被子,就回屋去睡了。只剩下我自己了。

我一时睡不着,便胡思乱想起来。总想编个故事解解闷,但脑子里乱得很,好像一团乱线,抽不出一个可以清晰地思索下去的线头。白天留下的印象搅成一团:那个疯子可笑和可怕的样子总缠着我,不想不行;还有追猫呀、大笑呀、死蜻蜓呀;然后是哥哥打我,挨骂了,呕吐了,又是挨骂;鸡蛋汤冒着热气;穿白大褂的那个老头,拿着一个连在耳朵上的冰凉的小铁疙瘩,一个劲地在我胸脯上乱摁……后来我觉得脑子完全混乱,不听使唤,便什么也不去想,渐渐感到眼皮很重,昏沉沉中,觉得茶几上几只黄色的梨特别刺眼,灯光也讨厌得很,昏暗、无聊、没用,呆呆地照着。睡觉吧,我伸手把灯闭了。

黑了!霎时间好像一切都看不见了。怎么这么安静、这么舒服呀……

跟着,月光好像刚才一直在窗外窥探,此刻从没拉严的窗帘的缝隙里钻了进来,碰到药瓶上、瓷盘上、铜门把手上,散发出淡淡发蓝的幽光。远处一家作坊的机器有节奏地响着,不一会儿也停下来了。偶尔,从很远很远的地方传来货轮的鸣笛声,声音沉闷而悠长……

灯光怎么使生活显得这么狭小,它只照亮身边;而夜,黑黑的,却顿时把天地变得如此广阔、无限深长呢?

我那个年龄并不懂得这些。思索只是简单、即时和短距离的,忧愁和烦恼还从未乘着夜静和孤独悄悄爬进我的心里。我只觉得这黑夜中的天地神秘极了,浑然一气,深不可测,浩无际涯;我呢,这么小,无依无靠,孤孤单单;这黑洞洞的世界仿佛要吞掉我似的。这时,我感到身下的床没了,屋子没了,地面也没了,四处皆空,一切都无影无踪;自己恍惚悬在天上了,躺在软绵绵的云彩上……周围那样旷阔，一片无穷无尽的透明的乌蓝色，这云也是乌蓝乌蓝的；远远近近还忽隐忽现地闪烁着星星般五光十色的亮点……

这天究竟有多大，它总得有个尽头呀！哪里是边？那个边的外面是什么？又有多大？再外边……难道它竟无边无际吗？相比之下，我们多么小。我们又是谁？这么活着，喘气，眨眼，我到底是谁呀？

我伸手摸摸自己的脸、鼻子、嘴唇，觉得陌生又离奇，挺怪似的……这究竟是怎么回事？

我是从哪儿来的？从前我在哪里？什么样子？我怎么成为现在这个我的？将来又会怎么样？长大，像爸爸那么高，做事……再大，最后呢？老了，老了以后呢？这时我想起妈妈说过的一句话："谁都得老，都得死的。"

死？这是个多么熟悉的字眼呀！怎么以前我就从来没想过它意味着什么呢？死究竟意味着什么？像爷爷，像从前门口卖糖葫芦的那个老婆婆，闭上眼，不能说话，一动不动，好似睡着了一样。可是大家哭得那么伤心。到底还是把他们埋在地下了。为什么要把他们埋起来？他们不就永远也不能说话，也不能动，永远躺在厚厚的土地下了？难道就因为他们死了吗？忽然，我感到死的神秘、阴冷和可怕，觉得周身就仿佛散出凉气来。

于是，哥哥那本没皮的画报里脸上长毛的那个怪物出现了，跟着是白天那只死蜻蜓，随时想起来都吓人的鬼故事；跟着，胡同口的那个疯子朝我走来了……黑暗中，出现许多爷爷那样的眼睛，大大小小，紧闭着，眼皮还在鬼鬼祟祟地颤动着，好像要突然睁开，瞪起怕人的眼珠来……

我害怕了，已从将要入睡的懵懂中完全清醒过来了。我想——将来，我也要死的，也会被人埋在地下，这世界就不再有我了。我也就再不能像现在这样踢球呀，做游戏呀，捉蟋蟀呀，看马戏时吃那种特别酸的红果片呀……有时还去舅舅家看那个总关得严严实实的迷人的大黑柜，逗那条瘸腿狗，到那乱七八糟、杂物堆积的后院去翻找"宝贝"……而且再也不能过年了，那样地熬夜、拜年、放烟火、攒压岁钱；表哥把点着的鞭炮扔进鸡窝去，吓得鸡像鸟儿一样飞到半空中，乐得我喘不过气来。我们还瞒着妈妈去野坑边钓鱼，钓来一条又黄又丑的大鱼，给馋嘴的猫咪咪饱餐了一顿；下雨的晚上，和表哥躺在被窝里，看窗外打着亮闪，响着大雷……活着有多少快活的事，死了就完了。那时，表哥呢？妹妹呢？爸爸妈妈呢？他们都会死吗？他们知道吗？怎么也不害怕呀！我们能够不死吗？活着有多好！大家都好好活着，谁也不死。可是，可是不行啊……"谁都得老，都得死的。"死，这时就像拥有无限威力似的，而且严酷无情。在它面前，我那么无力，哀求也没用，大家都一样，只有顺从，听摆布，等着它最终来临……想到这里，尤其是想到妈妈，我的心简直冷得发抖。

妈妈将来也会死吗？她比我大，会先老、先死的。她就再不能爱我了，不能像现在这样，脸挨着脸，搂我，亲我……她的笑，她的声音，她柔软而暖和的手，她整个人，在将来某一天就会一下子永远消失了吗？她会有多少话想说，却不能说，我也就永远无法听到了；她再也看不见我，我的一切她也不再会知道。如果那时我有话要告诉她呢？到哪儿去找她？她也得被埋在地下吗？土地坚硬，潮湿，冷冰冰的……我真怕极了。先是伤心、难过、流泪,而后愈想愈加心虚害怕,急得蹬起被子来。趁妈妈活着的时光,我要赶紧爱她,听她的话,不惹她生气,只做让大家和妈妈高兴的事。哪怕她还骂我,我也要爱她,快爱,多爱。我就要起来跑到她房里,紧紧搂住她……

四周黑极了,这一切太怕人了。我要拉开灯,但抓不着灯线,慌乱的手碰到茶几上的药瓶。我便失声哭叫起来:"妈妈,妈妈……"

灯忽然亮了。妈妈就站在床前。她不解地看着我:"怎么,做噩梦了?别怕……孩子,别怕。"

她俯身又用前额抵一抵我的头。这回她的前额不凉,反而挺热的了。"好了,烧退了。"她宽心而温柔地笑着。

刚才的恐怖感还没离开我。这是怎么回事?我茫然地望着她,有种异样的感觉。一时,我很冲动,要去拥抱她,但只微微挺起胸脯,脑袋却像灌了铅似的沉重,刚刚离开枕头,又坠倒在床上。

"做什么?你刚好,当心再着凉。"她说着便坐在我床边,紧挨着我,安静地望着我,一直在微笑,并用她暖和的手抚弄我的脸颊和头发。"你刚才是不是做噩梦了?听你喊的声音好大哪!"

"不是……我想了……将来,不,我……"我想把刚才所想的事情告诉妈妈,但不知为什么,竟然无法说出来。是不是担心说出来,她知道后也要害怕的。那是件多么可怕的事啊!

"得了,别说了,疯了一天了,快睡吧!明天病就全好了……"

昏暗的灯光静静地照着床前的药瓶、点心和黄色的梨,照着妈妈无言而含笑的脸。她拉着我的手,我便不由得把她的手握得紧紧的……

我再不敢想那些可怕又莫解的事了。但愿世界上根本没有那种事。

不知为何,栖息在邻院大树上的乌鸦含糊不清地咕囔一阵子,又静下去了。被月光照得微明的窗帘上走过一只猫的影子。渐渐地,一切都静止了,模糊了,淡远了,融化了,变成一团无形的、流动的、软软而迷漫的烟。我不知不觉便睡着了。

一个深奥而难解的谜,从那个夜晚便悄悄留存在我的心里。后来我才知道,这是我最初在思索人生。

1981 年 9 月

捅马蜂窝

爷爷的后院虽小,除去堆放杂物,很少人去,里边的花木从不修剪,快长疯了!枝叶纠缠,树荫深浓,却是鸟儿、蝶儿、虫儿们生存和嬉戏的一片乐土,也是我儿时的乐园。我喜欢从那爬满青苔的湿漉漉的大树干上,取下一只又轻又薄的蝉衣,从土里挖出筷子粗的肥大的蚯蚓,把团团飞舞的小蠓虫赶到蜘蛛网上去。那沉甸甸压弯枝条的海棠果,个个都比市场买来的大。这里,最壮观的要数爷爷窗檐下的马蜂窝了,好像倒垂的一只大莲蓬,无数金黄色的马蜂爬进爬出,飞来飞去,不知忙些什么,大概总有百十只之多,以致爷爷不敢开窗子,怕它们中间哪个冒失鬼一头闯进屋来。

"真该死,屋子连透透气也不能,哪天请人来把这马蜂窝捅下来!"奶奶总为这个马蜂窝生气。

"不行,要蜇死人的!"爷爷说。

"怎么不行?头上蒙块布,拿竹竿一捅就下来。"奶奶反驳道。

"捅不得,捅不得。"爷爷连连摇手。

我站在一旁，心里却涌出一种捅马蜂窝的强烈欲望。那多有趣！当我给这个淘气的欲望鼓动得难以抑制时，就找来妹妹，乘着爷爷午睡的当儿，悄悄溜到从走廊通往后院的小门口。我脱下褂子蒙住头顶，用扣上衣扣的前襟遮盖下半张脸，只需一双眼。又把两根竹竿接绑起来，作为捣毁马蜂窝的武器。我和妹妹约定好，她躲在门里，把住关口，待我捅下马蜂窝，赶紧开门放我进来，然后把门关住。

妹妹躲在门缝后边，眼瞧我这非凡而冒险的行动。我开始有些迟疑，最后还是好奇战胜了胆怯。当我的竿头触到蜂窝的一刹那，好像听到爷爷在屋内呼叫，但我已经顾不得别的，一些受惊的马蜂轰地飞起来，我赶紧用竿头顶住蜂窝使劲地摇撼两下，只听嗵的一声，一个沉甸甸的东西掉下来，跟着一团黄色的飞虫腾空而起。我扔掉竿子往小门那边跑，谁料到妹妹害怕，把门在里边插上，她跑了，将我关在门外。我一回头，只见一只马蜂径直而凶猛地朝我扑来，好像一架燃料耗尽、决心相撞的战斗机。这复仇者拼死的气势使我惊呆了。瞬间只觉眉心像被针扎似的剧烈地一疼，挨蜇了！我下意识地用手一拍，感觉我的掌心触到它可怕的身体。我吓得大叫，不知道谁开门把我拖到屋里。

当夜，我发了高烧。眉心处肿起一个枣大的疙瘩，自己都能用眼瞧见。家里人轮番用醋、酒、黄酱、万金油和凉手巾把，也没能使我那肿疮迅速消下来。转天请来医生，打针吃药，七八天后才渐渐复愈。这一下好不轻呢！我生病也没有过这么长时间，以致消肿后的几天里不敢到那通向后院的小走廊上去，生怕那些马蜂还守在小门口等着我。

过了些天，惊恐稍定，我去爷爷的屋子，他不在，我隔窗看见他站在当院里,摆手召唤我去,我大着胆子去了。爷爷手指窗根处叫我看,原来是我捅掉的那个马蜂窝,却一只马蜂也不见了,好像一只丢弃的干枯的大莲蓬头。爷爷又指了指我的脚下,一只马蜂!我惊吓得差点叫起来,慌忙跳开。

"怕什么,它早死了!"爷爷说,"这就是蜇你的那只马蜂,可能被你一拍,死了。"

仔细瞧,哦,原来是死的。它仰面朝天躺在地上,几只黑蚂蚁在它身上爬来爬去。

"马蜂就是这样,你不惹它,它不蜇你。"爷爷说。

"那它干吗还要蜇我呢,这样它自己不也完了吗?"

"你毁了它的家——那是多大一个家呀!它当然要跟你拼命!"爷爷说。

我听了心里暗暗吃惊。一只小虫竟有这样的激情和勇气。低头再瞧瞧那只马蜂,微风吹着它,轻轻颤动,好似活了一般。我不禁想起那天它朝我猛扑过来时那副生死不顾的架势,与毁坏它们生活的人拼出一切,真像一个英雄……面对这壮烈牺牲的小飞虫的尸体,似乎有种罪孽感沉重地压在我的心上。

那一窝马蜂呢,被我扰得无家可归的一群呢,它们还会不会回来重建家园?我甚至想用胶水把那只空空的蜂窝粘上去。

这一年,我经常站在爷爷的后院里,始终没有等来一只马蜂。

转年开春,有两只马蜂飞到爷爷的窗檐下,落到被晒暖的木窗框上,然后还在过去的旧巢的残迹上爬了一阵子,跟着飞去而不再来。空空又是一年。

第三年,风和日丽之时,爷爷忽叫我抬头看,隔着窗玻璃看见窗檐下几只赤黄色的马蜂忙来忙去。在这中间,我忽然看到,小巧的、银灰色的第一间蜂窝已经筑成了。

于是,我和爷爷面对面开颜而笑,笑得十分舒心。我不由得暗暗告诉自己,再不做一件伤害旁人的事。

1982 年 11 月 17 日,2010 年 1 月新

珍珠鸟

真好！朋友送我一对珍珠鸟。放在一个简易的竹条编成的笼子里，笼内还有一卷干草，那是小鸟舒适又温暖的巢。

有人说，这是一种怕人的鸟。

我把它挂在窗前。那儿还有一盆异常茂盛的法国吊兰。我便用吊兰长长的、串生着小绿叶的垂蔓蒙盖在鸟笼上，它们就像躲进深幽的丛林一样安全；从中传出的笛儿般又细又亮的叫声，也就格外轻松自在了。

阳光从窗外射入，透过这里，吊兰那些无数指甲状的小叶，一半成了黑影，一半被照透，如同碧玉；斑斑驳驳，生意葱茏。小鸟的影子就在这中间隐约闪动，看不完整，有时连笼子也看不出，却见它们可爱的鲜红小嘴从绿叶中伸出来。

我很少扒开叶蔓瞧它们，它们便渐渐敢伸出小脑袋瞅瞅我。我们就这样一点点熟悉了。

三个月后，那一团愈发繁茂的绿蔓里边，发出一种尖细又娇嫩的鸣叫。我猜到，是它们有了雏儿。我呢，决不掀开叶片往里看，连添食加水时也不睁大好奇的眼去惊动它们。过不多久，忽然有一个小脑袋从叶间探出来。更小哟，雏儿！正是这个小家伙！

它小，就能轻易地由疏格的笼子钻出身。瞧，多么像它的母亲：红嘴红脚，灰蓝色的毛，只是后背还没有生出珍珠似的圆圆的白点；它好肥，整个身子好像一个蓬松的球。

起先，这小家伙只在笼子四周活动，随后就在屋里飞来飞去，一会儿落在柜顶上；一会儿神气十足地站在书架上，啄着书背上那些大文豪的名字；一会儿把灯绳撞得来回摇动，跟着跳到画框上去了。只要大鸟在笼里生气地叫一声，它立即飞回笼里去。

我不管它。这样久了，打开窗子，它最多只在窗框上站一会儿，决不飞出去。

渐渐它胆子大了，就落在我书桌上。

它先是离我较远，见我不去伤害它，便一点点挨近，然后蹦到我的杯子上，俯下头来喝茶，再偏过脸瞧瞧我的反应。我只是微微一笑，依旧写东西，它就放开胆子跑到稿纸上，绕着我的笔尖蹦来蹦去，跳动的小红爪子在纸上发出嚓嚓响。

我不动声色地写，默默享受着这小家伙亲近的情意。这样，它完全放心了。索性用那涂了蜡似的、角质的小红嘴，嗒嗒啄着我颤动的笔尖。我用手抚一抚它细腻的绒毛，它也不怕，反而友好地啄两下我的手指。

有一次，它居然跳进我的空茶杯里，隔着透明光亮的玻璃瞅我。它不怕我突然把杯口捂住。是的，我不会。

白天，它这样淘气地陪伴我；天色入暮，它就在父母的再三呼唤声中，飞向笼子，扭动滚圆的身子，挤开那些绿叶钻进去。

有一天，我伏案写作时，它居然落到我的肩上。我手中的笔不觉停了，生怕惊跑它。待一会儿，扭头看，这小家伙竟趴在我的肩头睡着了，银灰色的眼睑盖住眸子，小红脚刚好给胸脯上长长的绒毛盖住。我轻轻抬一抬肩，它没醒，睡得好熟！还咂咂嘴，难道在做梦！

　　我笔尖一动，流泻下一时的感受：

　　信赖，往往创造出美好的境界。

1984 年 1 月

空信箱

我的信箱挂在大门上，门板掏个长形的洞，信打外边塞进来。只要听邮递员叮叮叮一拨车铃，我马上跑去打开，一封信悄然沉静立在箱子里。天蓝色的信封像一片天空，牛皮纸褐色的信封像一片泥板，沉甸甸。扯开信时的心情总是急渴渴，不知里边装着的是意外是倾诉是愁苦是体贴是欢愉是求助，或是火一样的恋情烟一样的思绪带子一样扯不断的思念。天南地北海角天涯，朋友们的行踪消息全靠它了。

有时等信等得好苦，一天几次去打开它，总以为错过邮递员的铃，打开却是空的。我最怕它空空洞洞、冷冷清清的样子。我的院墙高，门也高，阳光跨不进来，外边世界的兴衰枯荣常常由它告我；打开信箱，里边有时有几团柳絮几片落花几片干卷的叶子，有时有洁白的雪深暗的雨点。它们是从投信孔钻进来的。有时随着开门的气流，几朵蒲公英的种子毛茸茸地扑在脸上，然后飘飘摇摇飞升，在高高的阳光里闪着，有如银羽。目光便随它投向淡淡的天，亮的云。春天也到达我塞外朋友那里了吧，我陷入一片温馨的痴想……

它是拿几块木板草草钉上的，没涂漆，日晒雨淋，到处开裂，但没有任何箱子比它盛得更多。

它是我生活的一部分，也就是我心的一部分。

用心生活是累人的，但唯此才幸福。

大灾难把我这部分扯去。信箱的门叫一个无知的孩子掰掉。箱子的四边像个方木框残留那里。一连几个月等不到邮递员铃的召唤，朋友们的命运如何？

我这才懂得，心不相连人极远。

它空在那儿，似乎比我还空。

可是……奇迹出现了。一天日暮，夕阳打投信孔照进来，我院子头一次有阳光。先是在长条形洞孔迷蒙灿烂地流连一会儿，便落到墙角那向例最暗最潮最阴冷的地方，把满地青苔照得鲜碧如洗，俯下身看，好像一片清新雨后的草原，极美。随后这光就沿着墙根一条砖一条砖往上爬，直爬到第五条砖，停住，几只蚂蚁也停在那里默默享受这世界最后的暖意和光明。不知不觉这光变得渐细渐淡，直到无声无息地熄灭。整个信箱变成一块方形的黑影。盯着它看，就会一直走进空无一物的宇宙。

蜘蛛开始在信箱里拉网了，上下左右，横来斜去，它们何以这样放胆在这儿安家？天一凉，秋叶钻进来，落在蛛网上。金色的船，银色的渔网，一层网一层船，原来寂寞也会创造诗。诗人从来不会创造寂寞。

忽然一天，叮叮，我心一亮，邮递员，信！

跑出去，远远就见白白的一封信稳稳竖在箱中。过去一捏，厚厚的，千言万语，一个几次梦到的朋友寄来的。一拿，却有股微微的力往回扯，是黏黏的带点韧劲的蛛丝。再拉，蛛丝没断，却拉得又长又直，极亮，还微微抖颤，上边船形的黄叶子全在一斜一直、一直一斜来回扭动。一如五线谱上甜蜜的旋律，无声地响起来……

　　昨夜我忽然梦到这许久以前的情景，一条条长长的亮闪闪的蛛丝，来回扭动的黄叶子，我梦得好逼真，连拉蛛丝时那股子韧劲都感觉到了。心里有点奇怪，可我断言这是我有生以来最美的一个梦境。

1986 年 12 月 30 日

花　脸

做孩子的时候，盼过年的心情比大人来得迫切，吃穿玩乐花样都多，还可以把来拜年的亲友塞到手心里的一小红包压岁钱都积攒起来，做个小富翁。但对于孩子们来说，过年的魅力还有更深一层的缘故，这便是我要写在这几张纸上的。

每逢年至，小闺女们闹着戴绒花、穿红袄、嘴巴涂上浓浓的胭脂团，男孩子们的兴趣都在鞭炮上。我则不然，最喜欢的是买个花脸戴。这是种纸浆轧制成的面具，用掺胶的彩粉画上戏里边那些有名有姓、威风十足的大花脸。后边拴根橡皮条，往头上一套，自己俨然就变成那员虎将了。这花脸是依脸型轧的，眼睛处挖两个孔，可以从里边往外看。但鼻子和嘴的地方不通气，一戴上，好闷，还有股臭胶和纸浆的味道；说出话来，声音变得低粗，却有大将威武不凡的气概，神气得很。

一年年根，舅舅带我去娘娘宫前年货集市上买花脸。过年时人都分外有劲，挤在人群里好费力，终于从挂满在一条横竿上的花花绿绿几十种花脸中，惊喜地发现一个。这花脸好大，好特别！通面赤红，一双墨眉，眼角雄俊地吊起，头上边凸起一块绿包头，长巾贴脸垂下，脸下边是用马尾做的很长的胡须。这花脸与那些愣头愣脑、傻头傻脑、神头鬼脸的都不一样。虽然毫不凶恶，却有股子凛然不可侵犯的庄重之气，咄咄逼人，叫我看得直缩脖子。要是把它戴在脸上，管叫别人也吓得缩脖子。我竟不敢用手指它，只是朝它扬下巴，说："我要那个大红脸！"

卖花脸的小罗锅，举竿挑下这花脸给我，龇着黄牙笑嘻嘻地说："还是这小少爷有眼力，要做关老爷！关老爷还得拿把青龙偃月刀呢！我给您挑把顶精神的！"就着从戳在地上的一捆刀枪里，抽出一柄最漂亮的大刀给我。大红漆杆，金黄刀面，刀面上嵌着几块闪闪发光的小镜片，中间画一条碧绿的小龙，还拴一朵红缨子。这刀！这花脸！没想到一下得到两件宝贝。我高兴得只是笑，话都说不出。舅舅付了钱，坐三轮车回家时，我就戴着花脸，倚着舅舅的大棉袍执刀而立，一路引来不少人瞧我。特别是那些与我一般大的男孩子们投来艳羡的目光时，我快活至极。舅舅给我讲了许多关公的故事，过五关斩六将，温酒斩华雄。边讲边说："你好英雄呀！"好像在说我的光荣史。当他告诉我这把青龙偃月刀重八十斤，我简直觉得自己力大无穷。舅舅还教我用京剧自报家门的腔调说：

"我——姓关，名羽，字云长。"

到家，人人见人人夸，妈妈似乎比我更高兴。连总是厉害地板着脸的爸爸也含笑称我"小关公"。我推开人们，跑到穿衣镜前，横刀立马地一照，呀，哪里是小关公，我是大关公哪！

这样，整个大年三十我一直戴着花脸，谁说都不肯摘，睡觉时也戴它，还是睡着后我妈妈轻轻摘下放在我枕边的，转天醒来头件事便是马上戴上，恢复我这"关老爷"的本来面貌。

大年初一，客人们陆陆续续来拜年，妈妈喊我去，好叫客人们见识见识我这"关老爷"。我手握大刀，摇晃着肩膀，威风地走进客厅，憋足嗓门叫道："我——姓关，名羽，字云长。"

客人们哄堂大笑，都说："好个关老爷，有你守家，保管大鬼小鬼进不来！"

我愈发神气，大刀呼呼抡两圈，摆个张牙舞爪的架势，逗得客人们笑个不停。只要客人来，妈妈就喊我出场表演。妈妈还给我换上只有三十夜拜祖宗时才能穿的那件青缎金花的小袍子。我成了全家过年的主角。连爸爸对我也另眼看待了。

我下楼一向不走楼梯。我家楼梯扶手是整根的光亮的圆木。下楼时便一条腿跨上去，哧溜一下滑到底。这时我就故意躲在楼上，等客人来了，突然由天而降，叫他们惊奇，效果会更响亮！

初一下午，来客进入客厅，妈妈一喊我，我跨上楼梯扶手飞骑而下，呜呀呀大叫一声闯进客厅，大刀上下一抡，谁知用力过猛，脚底没根，身子栽出去，叭的一声巨响，大刀正砍在花架上一尊插桃枝的大瓷瓶上，哗啦啦粉粉碎，只见瓷片、桃枝和瓶里的水飞向满屋，一个瓷片从二姑脸旁飞过，险些擦上了；屋内如淋急雨，所有人穿的新衣裳都是水渍；再看爸爸，他像老虎一样直望着我，哎哟，一根开花的小桃枝迎面飞去，正插在他梳得油光光的头发里。后来才知道被我打碎的是一尊祖传的乾隆官窑百蝶瓶，这简直是死罪！我坐在地上吓傻了，等候爸爸上来狠狠一顿揪打。妈妈的神气好像比我更紧张，她一下抓不着办法救我，瞪大眼睛等待爸爸的爆发。

就在这生死关头，二姑忽然破颜而笑，拍着一双雪白的手说道：

"好呵，好呵，今年大吉大利，岁（碎）岁（碎）平安呀！哎，关老爷，干吗傻坐在地上，快起来，二姑还要看你耍大刀哪！"

谁知二姑这是使什么法术，绷紧的气势霎时就松开了。另一位姨婆马上应和说："旧的不去，新的不来，不除旧，不迎新。您等着瞧吧，今年非抱个大金娃娃不成，是吧？"她满脸欢笑朝我爸爸说，叫他应声。其他客人也一拥而上，说吉祥话，哄爸爸乐。

这些话平时根本压不住爸爸的火气，此刻竟有神奇的效力，迫使他不乐也得乐。过年乐，没灾祸。爸爸只得嘿嘿两声，点头说：

"呵，好、好、好……"

尽管他脸上的笑纹里明显含着被克制的怒意，我却奇迹般地因此逃脱开一次严惩。妈妈对我丢了眼色，我立刻爬起来，拖着大刀，狼狈而逃。身后还响着客人们着意的拍手声、叫好声和笑声。

往后几天里，再有拜年的客人来，妈妈不再喊我，节目被取消了。我躲在自己屋里很少露面，那把大刀也掖在床底下，只是花脸依旧戴着，大概躲在这硬纸后边再碰到爸爸时有种安全感。每每从眼孔里望见爸爸那张阴沉含怒的脸，不再觉得自己是关老爷，而是个可怜虫了！

过了正月十五，大年就算过去了。我因为和妹妹争吃撤下来的祭灶用的糖瓜，被爸爸抓着腰提起来，按在床上死揍了一顿。我心里清楚，他是把打碎花瓶的罪过加在这件事上一起清算，因为他盛怒时，向我要来那把惹祸的大刀，用力折成段，大花脸也撕成碎片片。

  从这事，我悟到一个祖传的概念：一年之中唯有过年这几天是孩子们的自由日，在这几天里无论怎样放胆去闹，也不会立刻得到惩罚。这便是所有孩子都盼望过年的深层缘故。当然那被撕碎的花脸也提醒我，在这有限的自由里可得勒着点自己，当心事后加倍地算账。

1989 年正月十六

秋天的音乐

你每次上路出远门千万别忘记带上音乐，只要耳朵里有音乐，你一路上对景物的感受就全然变了。它不再是远远待在那里、无动于衷的样子，在音乐撩拨你心灵的同时，也把窗外的景物调弄得易感而动情。你被种种旋律和音响唤起的丰富的内心情绪，这些景物也全部神会地感应到了，它还随着你的情绪奇妙地进行自我再造。你振作它雄浑，你宁静它温存，你伤感它忧患，也许同时还给你加上一点人生甜蜜的慰藉，这是真正知友心神相融的交谈……河湾、山脚、烟光、云影、一草一木，所有细节都浓浓浸透你随同音乐而流动的情感，甚至一切都在为你变形，一幅幅不断变换地呈现出你心灵深处的画面。它使你一下子看到了久藏心底那些不具体、不成形、朦胧模糊或被时间湮没了的感受，于是你更深深坠入被感动的漩涡里，享受这画面、音乐和自己灵魂三者融为一体的特殊感受……

秋天十月，我松松垮垮套上一件粗线毛衣，背个大挎包，去往东北最北部的大兴安岭。赶往火车站的路上，忽然发觉只带了录音机，却把音乐磁带忘在家，恰巧路过一个朋友的住处，他是音乐迷，便跑进去向他借。他给我一盘说是新翻录的，都是"背景音乐"。我问他这是什么曲子，他怔了怔，看我一眼说：

"秋天的音乐。"

他多半随意一说，搪塞我。这曲名，也许是他看到我被秋风吹得松散飘扬的头发，灵机一动得来的。

火车一出山海关，我便戴上耳机听起这秋天的音乐。开端的旋律似乎熟悉，没等我怀疑它是不是真正地描述秋天，下巴发懒地一蹭粗软的毛衣领口；两只手搓一搓，让干燥的凉手背给湿润的热手心舒服地摩擦摩擦，整个身心就进入秋天才有的一种异样温暖甜醉的感受里了。

我把脸颊贴在窗玻璃上，挺凉，带着享受的渴望往车窗外望去，秋天的大自然展开一片辉煌灿烂的景象。阳光像钢琴明亮的音色洒在这收割过的田野上，整个大地像生过婴儿的母亲，幸福地舒展在开阔的晴空下，躺着，丰满而柔韧的躯体！从麦茬里裸露出的浓厚的红褐色是大地母亲健壮的肤色；所有树林都在炎夏的竞争中把自己的精力膨胀到头，此刻自在自如地伸展它优美的枝条；所有金色的叶子都是它的果实，一任秋风翻动，煌煌夸耀着秋天的富有。真正的富有感，是属于创造者的；真正的创造者，才有这种潇洒而悠然的风度……一只鸟儿随着一个轻扬的小提琴旋律腾空飞起，它把我引向无穷纯净的天空。任何情绪一入天空便化作一片博大的安寂。这愈看愈大的天空有如伟大哲人恢宏的头颅，白云是他的思想。有时风云交会，会闪出一道智慧的灵光，响起一句警示世人的哲理。此时，哲人也累了，沉浸在秋天的松弛里。它高远，平和，神秘无限。大大小小、松松散散的云彩是他思想的片段，而片段才是最美的，无论思想还是情感……这千形万状精美的片段伴同空灵的音响,在我眼前流过,还在阳光里洁白耀眼。那乘着小提琴旋律的鸟儿一直钻向云天,愈高愈小,最后变成一个极小的黑点,忽然扑通一下扎入一个巨大、蓬松、发亮的云团……

我陡然想起一句话:

"我一扑向你,就感到无限温柔啊。"

我还想起我的一句话:

"我睡在你的梦里。"

那是一个清明的早晨,在实实在在酣睡一夜醒来时,正好看见枕旁你朦胧的、散发着香气的脸时说的。你笑了,就像荷塘里、雨里、雾里悄然张开的一朵淡淡的花。

接下去的温情和弦,带来一片疏淡的田园风景。秋天消解了大地的绿,用它中性的调子,把一切色泽调匀。和谐又高贵,平稳又舒畅,只有收获过了的秋天才能这样静谧安详。几座闪闪发光的麦秸垛,一缕银蓝色半透明的炊烟,这儿一棵那儿一棵怡然自得站在平原上的树,这儿一只那儿一只慢吞吞吃草的杂色的牛。在弦乐的烘托中,我心底渐渐浮起一张又静又美的脸。我曾经用吻,像画家用笔那样勾勒过这张脸:轮廓、眉毛、眼睛、嘴唇……这样的勾画异常奇妙,无形却被深刻地记住。你嘴角的小窝、颤动的睫毛、鼓脑门和尖俏下巴上那极小而光洁的平面……近景从眼前疾掠而过,远景跟着我缓缓向前,大地像唱片慢慢旋转,耳朵里不绝地响着这曲人间牧歌。

一株垂死的老树一点点走进这巨大唱片的中间来。它的根像唱针,在大自然深处划出一支忧伤的曲调。心中的光线和风景的光线一同转暗,即使一湾河水强烈的反光,也清冷,也刺目,也凄凉。一切阴影都化为垂暮秋天的愁绪：萧疏的万物失去往日共荣的激情，各自挽着生命的孤单；篱笆后一朵迟开的小葵花，像你告别时在人群中的最后一次招手，跟着被轰隆隆前奔的列车甩到后边……春的萌动、战栗、骚乱，夏的喧闹、蓬勃、繁华，全都销匿而去，无可挽回。不管它曾经怎样辉煌，怎样骄傲，怎样光芒四射，怎样自豪地挥霍自己的精力与才华，毕竟过往不复。人生是一次性的，生命以时间为载体，这就决定人类以死亡为结局的必然悲剧。谁能把昨天和前天追回来，哪怕再经受一次痛苦的诀别也是幸福，还有那做过许多傻事的童年，年轻的母亲和初恋的梦，都与这老了的秋天去之遥远了。一种浓重的忧伤混同音乐漫无边际地散开，渲染着满目风光。我忽然想喊，想叫这列车停住，倒回去！

突然，一条大道纵向冲出去，黄昏中它闪闪发光，如同一支号角嘹亮吹响，声音唤来一大片拔地而起的森林，像一支金灿灿的铜管乐队，奏着庄严的乐曲走进视野。来不及分清这是音乐还是画面变换的缘故，心境陡然一变，刚刚的忧愁一扫而光。当浓林深处一棵棵依然葱绿的幼树晃过，我忽然醒悟，秋天的凋谢全是假象！

它不过在寒飙来临之前把生命掩藏起来，把绿意埋在地下，在冬日的雪被下积蓄与浓缩，等待下一个春天里，再一次加倍地挥洒与铺张！远远山坡上，坟茔，在夕照里像一堆火，神奇又神秘，它哪里是埋葬的一具尸体或一个孤魂？既然每个生命都在创造了另一个生命后离去，什么叫作死亡？死亡，不仅仅是一种生命的转换、旋律的变化、画面的更迭吗？那么世间还有什么比死亡更庄严、更神圣、更迷人！为了再生而奉献自己的伟大的死亡啊……

秋天的音乐已如圣殿的声音；这壮美崇高的轰响，把我全部身心都裹住、都净化了。我惊奇地感觉自己像玻璃一样透明。

这时，忽见对面坐着两位老人，正在亲密交谈。残阳把他俩的脸晒得好红，条条皱纹都像画上去的，那么清楚。人生的秋天！他们把自己的青春年华、所有精力为这世界付出，那满头银丝不是人间最值得珍惜的吗？我瞧着他俩相互凑近、轻轻谈话的样子，不觉生出满心的爱来，真想对他俩说些美好的话。我摘下耳机，未及开口，却听他们正议论关于单位里上级和下级的事，哪个连着哪个，哪个与哪个明争暗斗，哪个可靠和哪个更不可靠，哪个是后患而必须……我惊呆了，以致再不能听下去，赶快重新戴上耳机，打开音乐，再听，再放眼窗外的景物。奇怪！这一次，秋天的音乐，那些感觉，全没了。

"艺术原本是欺骗人生的。"

我返回家，把这盘录音带送还给我那朋友时，把这话告诉他。

他不知道我为何得到这样的结论，我也不知道他为何对我说：

"艺术其实是安慰人生的。"

1989 年 4 月 28 日

逼来的春天

那时，大地依然一派毫无松动的严冬景象，土地梆硬，树枝全抽搐着，害病似的打着冷战；雀儿们晒太阳时，羽毛乍开好像绒球，紧挤一起，彼此借着体温。你呢，面颊和耳朵边像要冻裂那样疼痛……然而，你那冻得通红的鼻尖，迎着凛冽的风，却忽然闻到了春天的气味！

春天最先是闻到的。

这是一种什么气味？它令你一阵惊喜，一阵激动，一下子找到了明天也找到了昨天——那充满诱惑的明天和同样季节、同样感觉却流逝难返的昨天。可是，当你用力再去吸吮这空气时，这气味竟又没了！你放眼这死气沉沉的冻结的世界，准会怀疑它不过是瞬间的错觉罢了。春天还被远远隔绝在地平线之外吧。

但最先来到人间的春意，总是被雄踞大地的严冬所拒绝、所稀释、所泯灭。正因为这样，每逢这春之将至的日子，人们会格外兴奋、敏感和好奇。

如果你有这样的机会多好——天天来到这小湖边，你就能亲眼看到冬天究竟怎样退去，春天怎样到来，大自然究竟怎样完成这一年一度起死回生的最奇妙和最伟大的过渡。

但开始时，每瞧它一眼，都会换来绝望。这小湖干脆就是整整一块巨大无比的冰，牢牢实实，坚不可摧。它一直冻到湖底了吧？鱼儿全死了吧？灰白色的冰面在阳光反射里光芒刺目，小鸟从不敢在这寒气逼人的冰面上站一站。

逢到好天气，一连多天的日晒，冰面某些地方会融化成水，别以为春天就从这里开始。忽然一夜寒飙过去，转日又冻结成冰，恢复了那严酷肃杀的景象。若是风雪交加，冰面再盖上一层厚厚的雪被，春天真像天边的情人，愈期待愈迷茫。

然而，一天，湖面一处，一大片冰面竟像沉船那样陷落下去，破碎的冰片斜插水里，好像出了什么事！这除非是用重物砸开的，可什么人、又为什么要这样做呢？但除此之外，并没发现任何异常的细节。那么你从这冰面无缘无故的坍塌中是否隐隐感到了什么……刚刚从裂开的冰洞里露出的湖水，漆黑又明亮，使你想起一双因为爱你而无限深邃又默默的眼睛。

这坍塌的冰洞是个奇迹，尽管寒潮来临，水面重新结冰，但在白日阳光的照耀下又很快地融化和洞开。冬的伤口难以愈合。冬的黑子出现了。

冬天与春天的界限是瓦解。

冰的坍塌不是冬的风景，而是隐形的春所创造的第一幅壮丽的图画。

跟着，另一处湖面，冰层又坍塌下去。一处、两处、三处……随后湖面中间闪现一条长长的裂痕，不等你确认它的原因和走向，居然又发现几条粗壮的裂痕从斜刺里交叉过来。开始这些裂痕发白，渐渐变黑，这表明裂痕里已经浸进湖水。某一天，你来到湖边，会止不住出声地惊叫起来，巨冰已经裂开！黑黑的湖水像打开两扇沉重的大门，把一分为二的巨冰推向两旁，终于袒露出自己阔大、光滑而迷人的胸膛……

这期间，你应该在岸边多待些时候。你就会发现，这漆黑而依旧冰冷的湖水泛起的涟漪，柔软又轻灵，与冬日的寒浪全然两样了。那些仍然覆盖湖面的冰层，不再光芒夺目，它们黯淡、晦涩、粗糙和发脏，表面一块块凹下去。有时，忽然传来清脆的咔嚓一响，跟着某一处，断裂的冰块应声漂移而去……尤其动人的，是那些在冰层下憋闷了长长一冬的大鱼，它们时而激情难耐，猛地蹦出水面，在阳光下银光闪烁打个挺，哗啦落入水中。你会深深感到，春天不是由远方来到眼前，不是由天外来到人间；它原是深藏在万物的生命之中的，它是从生命深处爆发出来的，它是生的欲望、生的能源与生的激情。它永远是死亡的背面。唯此，春天才是不可遏制的。它把酷烈的严冬作为自己的序曲，不管这序曲多么漫长。

追逐着凛冽朔风的尾巴的，总是明媚的春光；所有冻凝的冰的核，都是一滴春天的露珠；那封闭大地的白雪下边是什么？你挥动大帚，扫去白雪，一准是连天的醉人的绿意……

你眼前终于出现这般景象：宽展的湖面上到处浮动着大大小小的冰块。这些冬的残骸被解脱出来的湖水戏弄着，今儿推到湖这边，明儿又推到湖那边。早来的候鸟常常一群群落在浮冰上，像乘载游船，欣赏着日渐稀薄的冬意。这些浮冰不会马上消失，有时还会给一场春寒冻结在一起，霸道地凌驾湖上，重温昔日威严的梦。然而，春天的湖水既自信又有耐性，有信心才有耐性。它在这浮冰四周，扬起小小的浪头，好似许许多多温和而透明的小舌头，去舔弄着这些渐软渐松渐小的冰块……最后，整个湖中只剩下一块肥皂大小的冰片片了，湖水反而不急于吞没它，而是把它托举在浪波之上，摇摇晃晃，一起一伏，展示着严冬最终的悲哀、无助和无可奈何……终于，它消失了。冬，顿时也消失于天地间。这时你会发现，湖水并不黝黑，而是湛蓝湛蓝。它和天空有一样的颜色。

天空是永远宁静的湖水，湖水是永难平静的天空。

春天一旦跨到地平线这边来，大地便换了一番风景，明朗又朦胧。它日日夜夜散发着一种气息，就像青年人身体散发出的气息。清新的、充沛的、诱惑而撩人的，这是生命本身的气息。大地的肌肤——泥土，松软而柔和。树枝不再抽搐，而是软软地在空中自由舒展，那纤细的枝梢无风时也颤悠悠地摇动，招呼着一个万物萌芽的季节的到来。小鸟们不必再乍开羽毛，而是个个变得光溜精灵，在高天上扇动阳光飞翔……湖水因为春潮涨满，仿佛与天更近；静静的云，说不清在天上还是在水里……湖边，湿漉漉的泥滩上，那些东倒西歪的去年的枯苇棵里，一些鲜绿夺目、又尖又硬的苇芽，破土而出，愈看愈多，有的地方竟已簇密成片了。你真惊奇！在这之前，它们竟逃过你细心的留意，一旦发现即已充满咄咄的生气了！难道这是经过一夜春风、一阵春雨或一日春晒，便齐刷刷钻出地面？来得又何其神速！这分明预示着，大自然囚禁了整整一冬的生命，要重新开始新的一轮竞争了。而它们，这些碧绿的针尖一般的苇芽，不仅叫你看到了崭新的生命，还叫你深刻地感受到生命的锐气、坚韧、迫切，还有生命和春的必然。

1994 年 3 月

白　发

人生入秋，便开始被友人指着脑袋说：

"呀，你怎么也有白发了？"

听罢笑而不答。偶尔笑答一句："因为头发里的色素都跑到稿纸上去了。"

就这样，嘻嘻哈哈、糊里糊涂地翻过了生命的山脊，开始渐渐下坡来。或者再努力，往上登一登。

对镜看白发，有时也会认真起来：这白发中的第一根是何时出现的？为了什么？思绪往往会超越时空，一下子回到了少年时——那次同母亲聊天，母亲背窗而坐，窗子敞着，微风无声地轻轻掀动母亲的头发，忽见母亲的一根头发被吹立起来，在夕照里竟然银亮银亮，是一根白发！这根细细的白发在风里柔弱摇曳，却不肯倒下，好似对我召唤。我第一次看见母亲的白发，第一次强烈地感受到母亲也会老，这是多可怕的事啊！我禁不住过去扑在母亲怀里。母亲不知出了什么事，问我，用力想托我起来，我却紧紧抱住母亲，好似生怕她离去……事后，我一直没有告诉母亲这究竟为了什么。最浓烈的感情难以表达出来，最脆弱的感情只能珍藏在自己心里。如今，母亲已是满头白发，但初见她白发的感受却深刻难忘。那种人生感，那种凄然，那种无可奈何，正像我们无法把地上的落叶抛回树枝上去……

妻子把一小酒盅染发剂和一支扁头油画笔拿到我面前，叫我帮她染发。我心里一动，怎么，我们这一代生命的森林也开始落叶了？我瞥一眼她的头发，笑道："不过两三根白头发，也要这样小题大做？"可是待我用手指撩开她的头发，我惊讶了，在这黑黑的头发里怎么会埋藏这么多的白发！我竟如此粗心大意，至今才发现。也正是这样多的白发，才迫使她动用这遮掩青春衰退的颜色。可是她明明一头乌黑而清香的秀发呀，究竟是怎样一根根悄悄变白的？是在我不停歇的忙忙碌碌中、侃侃而谈中，还是在我不舍昼夜的埋头写作中？是那些年在大地震后寄人篱下的茹苦含辛的生活所致？是为了我那次重病内心焦虑而催白的？还是那件事……几乎伤透了她的心，一夜间骤然生出这么多白发？

黑发如同绿草，白发犹如枯草；黑发像绿草那样散发着生命诱人的气息，白发却像枯草那样晃动着刺目的、凄凉的、枯竭的颜色。我怎样做才能还给她当年那一头美丽的黑发？我急于把她所有变白的头发染黑。她却说：

"你是不是把染发剂滴在我头顶上了？"

我一怔。赶忙用眼皮噙住泪水，不叫它再滴落下来。

一次，我把剩下的染发剂交给她，请她也给我的头发染一染。这一染，居然年轻许多！谁说时光难返，谁说青春难再，就这样我也加入了用染发剂追回岁月的行列。谁知染发是件愈来愈艰难的事情。白发并不是由黑发变的，它们是从走向衰老的生命深处滋生出来的。当染过的头发看上去一片乌黑青黛，它们的根部又齐刷刷冒出一茬雪白。任你怎样去染，去遮盖，它还是茬茬涌现。人生的秋天和大自然的春天一样顽强。挡不住的白发呵！

开始时精心细染，不肯漏掉一根。但事情多起来，没有闲暇染发，只好任由它花白。不染难看，染又麻烦，渐而成了负担。

这日，邻家一位老者来访。这老者阅历深，博学，又健朗，鹤发童颜，很有神采。他进屋，正坐在阳光里。一个画面令我震惊——他不单头发通白，连胡须眉毛也一概全白；在强光的照耀下，蓬松柔和，光明透彻，亮如银丝，竟没有一根灰黑色，真是美极了！我禁不住说，将来我也修炼出您这一头漂亮潇洒的白发就好了，现在的我，染和不染，成了两难。老者听了，朗声大笑，然后对我说：

"小老弟，你挺明白的人，怎么在白发面前糊涂了？孩童有稚嫩的美，青年有健旺的美，你有中年成熟的美，我有老来冲淡自如的美。这就像大自然的四季——春天葱茏，夏天繁盛，秋天斑斓，冬天纯净。各有各的美感，各有各的优势，谁也不必羡慕谁，更不能模仿谁，模仿必累，勉强更累。人的事，生而尽其动，死而尽其静。听其自然，对！所谓听其自然，就是到什么季节享受什么季节。哎，我这话不知对你有没有用，小老弟？"

我听罢，顿觉地阔天宽，心情快活。摆一摆脑袋，头上花发来回一晃，宛如摇动一片秋光中的芦花。

1995 年 2 月 2 日

冬日絮语

每每到了冬日,才能实实在在触摸到岁月。年是冬日中间的分界。有了这分界,便在年前感到岁月一天天变短,直到残剩无多!过了年忽然又有大把的日子,成了时光的富翁,一下子真的大有可为了。

岁月是用时光来计算的。那么时光又在哪里?在钟表上,日历上,还是行走在窗前的阳光里?

窗子是房屋最迷人的镜框。节候变换着镜框里的风景。冬意最浓的那些天,屋里的热气和窗外的阳光一起努力,将冻结在玻璃上的冰雪融化;它总是先从中间化开,向四边漫延。透过这美妙的冰洞,我发现原来严冬的世界才是最明亮的。那一如人的青春的盛夏,总有树荫遮翳,葱茏却幽暗。小树林又何曾有这般光明?我忽然对老人这个概念生了敬意。只有阅尽人生,脱净了生命年华的叶子,才会有眼前这小树林一般明彻。只有这彻底的通彻,才能有此无边的安宁。安宁不是安寐,而是一种博大而丰实的自享。世中唯有创造者所拥有的自享才是人生真正的幸福。

朋友送来一盆"香棒",放在我的窗台上说:"看吧,多漂亮的大叶子!"

这叶子像一只只绿色光亮的大手,伸出来,叫人欣赏。逆光中,它的叶筋舒展着舒畅又潇洒的线条。一种奇特的感觉出现了!严寒占据窗外,丰腴的春天却在我的房中怡然自得。

自从有了这盆"香棒",我才发现我的书房竟有如此灿烂的阳光。它照进并充满每一片叶子和每一根叶梗,把它们变得像碧玉一样纯净、通亮、圣洁。我还看见绿色的汁液在通明的叶子里流动。这汁液就是血液。人的血液是鲜红的,植物的血液是碧绿的,心灵的血液是透明的,因为世界的纯洁来自心灵的透明。但是为什么我们每个人都说自己纯洁,而整个世界却仍旧一片混沌呢?

我还发现,这光亮的叶子并不是为了表示自己的存在,而是为了证实阳光的明媚、阳光的魅力、阳光的神奇。任何事物都同时证实着另一个事物的存在。伟人的出现说明庸人的无所不在;分离愈远的情人,愈显示了他们的心丝毫没有分离;小人的恶言恶语不恰好表达你的高不可攀和无法企及吗?而骗子无法从你身上骗走的,正是你那无比珍贵的单纯。老人的生命愈来愈短,还是他生命的道路愈来愈长?生命的计量,在于它的长度,还是宽度与深度?

冬日里,太阳环绕地球的轨道变得又斜又低。夏天里,阳光的双足最多只是站在我的窗台上,现在却长驱直入,直射在我北面的墙壁上。一尊唐代的木佛一直伫立在阴影里沉思,此刻迎着一束光芒无声地微笑了。

阳光还要充满我的世界,它化为闪闪烁烁的光雾,朝着四周的阴暗的地方浸染。阴影又执着又调皮，阳光照到哪里，它就立刻躲到光的背后。而愈是幽暗的地方，愈能看见被阳光照得莹莹发光的游动的尘埃。这令我十分迷惑：黑暗与光明的界限究竟在哪里？黑夜与晨曦的界限呢？来自早醒的鸟第一声的啼叫吗……这叫声由于被晨露滋润而异样地清亮。

但是，有一种光可以透入幽闭的暗处，那便是从音箱里散发出来的闪光的琴音。鲁宾斯坦的手不是在弹琴，而是在摸索你的心灵；他还用手思索，用手感应，用手触动色彩，用手试探生命世界最敏感的悟性……琴音是不同的亮色，它们像明明灭灭、强强弱弱的光束，散布在空间！那些旋律片段好似一些金色的鸟，扇着翅膀，飞进布满阴影的地方。有时，它会在一阵轰响里，关闭了整个地球上的灯，或者创造出一个辉煌夺目的太阳。我便在一张寄给远方的失意朋友的新年贺卡上，写了一句话：

你想得到的一切安慰都在音乐里。

冬日里最令人莫解的还是天空。

盛夏里，有时乌云四合，那即将被峥嵘的云吞没的最后一块蓝天，好似天空的一个洞，无穷地深远。而现在整个天空全成了这样，在你头顶上无边无际地展开！空阔、高远、清澈、庄严！除去少有的飘雪的日子，大多数时间连一点点云丝也没有，鸟儿也不敢飞上去，这不仅由于它冷冽寥廓，而是因为它大得……大得叫你一仰起头就感到自己的渺小。只有在夜间，寒空中才有星星闪烁。这星星是宇宙中点灯的驿站。万古以来，是谁不停歇地从一个驿站奔向下一个驿站？为谁送信？为了宇宙中那一桩永恒的爱吗？

我注视着冬天在大地上的脚步，看看它究竟怎样一步步、沿着哪个方向一直走到春天。

1995 年 12 月 28 日一稿，1996 年 1 月 18 日二稿

时　光

　　一岁将尽，便进入一种此间特有的情氛中。平日里奔波忙碌，只觉得时间的紧迫，很难感受到"时光"的存在。时间属于现实，时光属于人生。然而到了年终时分，时光的感觉乍然出现。它短促、有限、性急，你在后边追它，却始终抓不到它飘举的衣袂。它飞也似的向着年的终点扎去。等到你真的将它超越，年已经过去，那一大片时光便留在过往不复的岁月里了。

　　今晚突然停电，摸黑点起蜡烛。烛光如同光明的花苞，宁静地浮在漆黑的空间里；室内无风，这光之花苞便分外优雅与美丽；些许的光散布开来，朦胧依稀地勾勒出周边的事物。没有电就没有音乐相伴，但我有比音乐更好的伴侣——思考。

　　可是对生活最具悟性的，不是思想者，而是普通大众。比如大众俗语中，把临近年终这几天称作"年根"，多么真切和形象！它叫我们顿时发觉，本来是一棵绿意盈盈的岁月之树，已被我们消耗殆尽，只剩下一点点根底。时光竟然这样紧迫、拮据与深浓……

　　一下子，一年里经历过的种种事物的影像全都重叠地堆在眼前。不管这些事情怎样庞杂与艰辛，无奈与突兀。我更想从中找到自己的足痕。从春天落英缤纷的京都退藏到冬日小雨空蒙的雅典德尔菲遗址，从重庆荒芜的红卫兵墓到津南那条神奇的蛤蜊堤，从一个会场到另一个会场中，从一个活动到另一个活动中……究竟哪一些足迹至今清晰犹在，哪一些足迹杂沓模糊，甚至早被时光干干净净地一抹而去？

我瞪着眼前的重重黑影，使劲看去。就在烛光散布的尽头，忽然看到一双眼睛正直对着我。目光冷峻锐利，逼视而来。这原是我放在那里的一尊木雕的北宋天王像。然而此刻他的目光却变得分外有力。它何以穿过夜的浓雾，穿过漫长的八百年，锐不可当、拷问似的直视着任何敢于朝他瞧上一眼的人？显然，是由于八百年前那位不知名的民间雕工传神的本领、非凡的才气。他还把一种阳刚正气和直逼邪恶的精神注入其中。如今那位无名雕工早已了无踪影，然而他那令人震撼的生命精神却保存下来。

在这里，时光不是分毫不曾消逝吗？

植物死了，把自己的生命留在种子里；诗人离去，把自己的生命留在诗句里。

时光对于人，其实就是生命的过程。当生命走到终点，不一定消失得没有痕迹，有时它还会转化为另一种形态存在或再生。母与子的生命的转换，不就在延续着整个人类吗？再造生命，才是最伟大的生命奇迹。而此中，艺术家们应是最幸福的一种。唯有他们能用自己的生命去再造一个新的生命。小说家再造的是代代相传的人物，作曲家再造的是他们那个可以听到的迷人而永在的灵魂。

此刻，我的眸子闪闪发亮，视野开阔，房间里的一切艺术珍品都一点点地呈现。它们不是被烛光照亮，而是被我陡然觉醒的心智召唤出来的。

其实我最清晰和最深刻的足迹，应是书桌下边，水泥的地面上那两个被自己的双足磨成的浅坑。我的时光只有被安顿在这里，它才不会消失，而被我转化成一个个独异又鲜活的生命，以及一行行永不褪色的文字。然而我一年里把多少时光抛入尘嚣，或是支付给种种一闪即逝的虚幻的社会场景。甚至有时属于自己的时光反成了别人的恩赐。检阅一下自己创造的人物吧，掂量他们的寿命有多长。艺术家的生命是用他艺术的生命计量的。每个艺术家都有可能达到永恒，放弃掉的只能是自己。是不是？

迎面那宋代天王瞪着我，等我回答。

我无言以对，尴尬到了自感狼狈。

忽然，电来了，灯光大亮，事物通明，恍如更换天地。刚才那片幽阔深远的思想世界顿时不在，唯有烛火空自燃烧，显得多余。再看那宋代的天王像，在灯光里仿佛换了一副神气，不再那样咄咄逼人了。

我也不用回答他，因为我已经回答自己了。

丁丑腊月廿一日寒夜

苦 夏

这一日，终于撂下扇子。来自天上干燥清爽的风，忽吹得我衣飞举，并从袖口和裤管钻进来，把周身滑溜溜地抚动。我惊讶地看着阳光下依旧夺目的风景，不明白数日前那个酷烈非常的夏天突然到哪里去了。

是我逃遁似的一步跳出了夏天，还是它就像一九七六年的"文革"那样——在一夜之间崩溃？

身居北方的人最大的福分，便是能感受到大自然的四季分明。我特别能理解一位新加坡朋友，每年冬天要到中国北方住上十天半个月，否则会一年里周身不适。好像不经过一次冷处理，他的身体就会发酵。他生在新加坡，祖籍中国河北；虽然人在"终年都是夏"的新加坡长大，血液里肯定还执着地潜藏着大自然四季的节奏。

四季是来自宇宙的最大的节拍。在每一个节拍里，大地的景观便全然变换与更新。四季还赋予地球以诗，故而悟性极强的中国人，在四言绝句中确立的法则是：起，承，转，合。这四个字恰恰就是四季的本质。起始如春，承续似夏，转变若秋，合拢为冬。合在一起，不正是地球生命完整的一轮？为此，天地间一切生命全都依从着这一节拍，无论岁岁枯荣与生死的花草百虫，还是长命百岁的漫漫人生。然而在这生命的四季里，最壮美和最热烈的不是这长长的夏吗？

女人们孩提时的记忆散布在四季，男人们的童年往事大多是在夏天里。这是由于，我们儿时的伴侣总是各种各样的昆虫：蜻蜓、天牛、蚂蚱、螳螂、蝴蝶、蝉、蚂蚁、蚯蚓，此外还有青蛙和鱼儿。它们都是夏日生活的主角，每种昆虫都给我们带来无穷的快乐。甚至我对家人和朋友们记忆最深刻的细节，也都与昆虫有关。比如妹妹一见到壁虎就发出一种特别恐怖的尖叫，比如邻家那个斜眼的男孩子专门残害蜻蜓，比如同班一个最好看的女生头上花形的发卡，总招来蝴蝶落在上边。再比如，父亲睡在铺了凉席的地板上，夜里翻身居然压死了一只蝎子。这不可思议的事使我感到父亲的无比强大。后来父亲挨斗，挨整，写检查；我劝慰和宽解他，怕他自杀，替他写检查——那是我最初写作的内容之一。这时候父亲那种强大感便不复存在。生活中的一切事物，包括夏天的意味全都发生了变化。

在快乐的童年里，根本不会感到蒸笼般夏天的难耐与难熬。唯有在此后艰难的人生里，才体会到苦夏的滋味。快乐把时光缩短，苦难把岁月拉长，一如这长长的仿佛没有尽头的苦夏。但我至今不喜欢谈自己往日的苦楚与磨砺。相反，我却从中领悟到"苦"字的分量。苦，原是生活中的蜜。人生的一切收获都压在这沉甸甸的苦字的下边。然而一半的苦字下边又是一无所有。你用尽平生的力气，最终所获与初始时的愿望竟然去之千里。你该怎么想？

于是我懂得了这苦夏——它不是无尽头的暑热的折磨，而是我们顶着毒日头默默又坚忍的苦斗的本身。人生的力量全是对手给的，那就是要把对手的压力吸入自己的骨头里。强者之力最主要的是承受力。只有在匪夷所思的承受中才会感到自己属于强者，也许为此，我的写作一大半是在夏季。很多作家包括普希金不都是在爽朗而惬意的秋天里开花结果？我却每每进入炎热的夏季，反而写作力加倍旺盛。我想，这一定是那些沉重的人生的苦夏，锻造出我这个反常的性格习惯。我太熟悉那种写作了，汗湿的胳膊粘在书桌玻璃上的美妙无比的感觉。

在维瓦尔第的《四季》中，我常常只听"夏"的一章。它使我激动，胜过春之蓬发、秋之灿烂、冬之静穆。友人说，"夏"的一章，极尽华丽之美。我说我从中感受到的，却是夏的苦涩与艰辛，甚至还有一点悲壮。友人说，我在这音乐情境里已经放进去太多自己的故事。我点点头，并告诉他我的音乐体验。音乐的最高境界是超越听觉；不只是它给你，更是你给它。

年年夏日，我都会这样体验一次夏的意义，从而激情迸发，心境昂然。一手撑着滚烫的酷暑，一手写下许多文字来。

今年我还发现，这伏夏不是被秋风吹去的，更不是给我们的扇子轰走的——

夏天是被它自己融化掉的。

因为，夏天的最后一刻，总是它酷热的极致。我明白了，它是耗尽自己的一切，才显示出夏的无边的威力。生命的快乐在于淋漓尽致地发挥能量。但谁能像它这样，用一种自焚的形式，创造出这火一样辉煌的顶点？

于是，我充满了夏之崇拜！我要一连跨过眼前的辽阔的秋，悠长的冬和遥远的春，再一次邂逅你，我精神的无上境界——苦夏！

1999 年 8 月

灵魂的巢

对于一些作家,故乡只属于自己的童年;它是自己生命的巢,生命在那里诞生;一旦长大后羽毛丰满,它就远走高飞。我却不然,我从来没有离开过自己的家乡。我太熟悉一次次从天南海北、甚至远涉重洋旅行归来而返回故土的那种感觉了。只要在高速路上看到"天津"的路牌,或者听到航空小姐说出它的名字,心中便充溢着一种踏实,一种温情,一种彻底的放松。

我喜欢在夜间回家,远远看到家中亮着灯的窗子,一点点愈来愈近。一次一位生活杂志的记者要我为"家庭"下一个定义。我马上想到这个亮灯的窗子,柔和的光从纱帘中透出,静谧而安详。我不禁说:"家庭是世界上唯一可以不设防的地方。"

我的故乡给了我一切。

父母、家庭、孩子、知己和人间不能忘怀的种种情谊。我的一切都是从这里开始。无论是咿咿呀呀地学话还是一部部十数万字或数十万字的作品的写作,无论是梦幻般的初恋还是步入茫茫如大海的社会。当然,它也给我人生的另一面,那便是挫折、穷困、冷遇与折磨，以及意外的灾难，比如抄家和大地震，都像利斧一样，在我心底留下了永难磨灭的伤痕。我在这个城市里搬过至少十次家。有时真的像老鼠那样被人一边喊打一边轰赶。我还有过一次非常短暂的神经错乱，但若有神助一般地被不可思议地纠正回来。在很多年的生活中，我都把多一角钱肉馅的晚饭当作美餐，把那些帮我说几句好话的人认作贵人。然而，就是在这样的困境中，我触到了人生的真谛，从中掂出种种情义的分量，也看透了某些脸后边的另一张脸。我们总说生活不会亏待人。那是说当生活把无边的严寒铺盖在你身上时，一定还会给你一根火柴。就看你识不识货，是否能够把它擦着，烘暖和照亮自己的心。

写到这里，很担心我把命运和生活强加给自己的那些不幸，错怪是故乡给我的。我明白，在那个灾难没有死角的时代，无论我生活在哪座城市，都同样会经受这一切。因为我相信阿·托尔斯泰那句话，在我们拿起笔之前，一定要在火里烧三次，血水里泡三次，碱水里煮三次。只有到了人间的底层才会懂得，唯生活解释的概念才是最可信的。

然而，不管生活是怎样的滋味，当它消逝之后，全部都悄无声息地留在这城市中了。因为我的许多温情的故事是裹在海河的风里的，我挨批挨斗就在五大道上。一处街角，一个桥头，一株弯曲的老树，都会唤醒我的记忆，使我陡然"看见"昨日的影像，它常常叫我骄傲地感觉到自己拥有那么丰富又深厚的人生。而我的人生全装在这个巨大的城市里。

更何况，这城市的数百万人，还有我们无数的先辈，也都把他们的人生故事书写在这座城市中了。一座城市怎么会有如此庞博的承载与记忆？别忘了——城市还有它自身非凡的经历与遭遇呢！

最使我痴迷的还是它的性格。这性格一半外化在它的形态上，一半潜在它地域的气质里。这后一半好像不容易看见，它深刻地存在于此地人的共性中。城市的个性是由当地的人一代代无意中塑造出来的。可是，城市的性格一旦形成，就会反过来同化这个城市的每一个人。我身上有哪些东西来自这个城市的文化，孰好孰坏？优根劣根？我说不好。我却感到我和这个城市的人们浑然一体，我和他们气息相投，相互心领神会，有时甚至不需要语言交流。我相信，对自己的家乡就像对自己真爱的人，一定不只是爱它的优点。或者说，当你连它的缺点都觉得可爱时——它才是你真爱的人，才是你的故乡。

一次，在法国，我和妻子南下去到马赛。中国驻马赛的领事对我说，这儿有位姓屈的先生，是天津人，听说我来了，非要开车带我到处跑一跑不可。待与屈先生一见，情不自禁说出两三句天津话，顿时一股子唯津门才有的热烈与义气劲扑入心头。屈先生一踩油门，便从普罗旺斯一直跑到西班牙的巴塞罗那。一路上，说的尽是家乡的新闻与旧闻，奇人趣事，直说得浑身热辣辣，五体通畅，上千公里的漫长的路竟全然不觉。到底是什么东西使我们如此亲热与忘情？

家乡把它怀抱里的每个人都养育成自己的儿子。它哺育我的不仅是海河蔚蓝色的水和亮晶晶的小站稻米，更是它斑斓又独异的文化。它把我们改造为同一的文化血型，它精神的因子已经注入我的血液中。这也是我特别在乎它的历史遗存、城市形态，乃至每一座具有纪念意义的建筑的缘故。我把它们看作它精神与性格之所在，而绝不仅仅是具有使用价值的实体。

我知道，人的命运一半在自己手里，一半还得听天由命。今后我是否还一直生活在这里尚不得知。但我无论到哪里，我都是天津人。不仅因为天津是我的出生地——它绝不只是我生命的巢，它更是我灵魂的巢。

2003 年 8 月 17 日

辑二

长衫老者

挑山工

一

你见过泰山的挑山工吗？这是种很奇特的人！

不知别处对这种运货上山的民夫怎样称呼。这儿习惯叫作挑山工。单从"挑山"二字，就可以体会出这种工作非凡的艰辛。肩挑着百十斤的重物，从山下直挑到烟云缭绕、鸟儿都难飞得上去的山顶，谁敢一试？更何况，这被誉为"五岳之首"的泰山，自有其巍巍而不可征服的威势。从山根直至极顶处，一条道，全是高高的石头台阶，简直就是一架直上直下的万丈天梯。在通向南天门的十八盘道上，那些游山来的健壮的男儿，也不免气喘吁吁；一般人更是精疲力竭，抓着道旁的铁栏，把身子一点点往上移，每爬上十来磴台阶，就要停下来歇一歇。只有这时，你碰到一个挑山工——他给重重的挑子压塌了腰，汗水湿透衣衫，两条腿上的肌条筋缕都清晰地凸现在外，默不作声，一步一步，吃力又坚韧地走过你身旁，登了上去。你那才算是约略知道"挑山"二字的滋味……

挑山工，大概自古就有。山头那些千年古刹所用的一切建筑材料，都是从山下运上来的。你瞧着这些构造宏伟的古建筑上巨大的梁柱础石、沉重的铜砖铁瓦，再低头俯望一条灰白的山路，如同一根细绳，蜿蜒曲折，没入茫茫的谷底。你就会联想到，当年为了建造这些庙宇寺观，为了这壮观的美，挑山工们付出了怎样艰巨和惊人的劳动！

我少时来游泰山，山顶上还有三四十户人家，家中的男人大多是挑山工，给山上的国营招待所运送食品货物以为生计。清早，他们拿了扁担绳索，带着晨风晓露下山去，后响随着一片暮云夕阳，把货物挑上山来。星光烁烁时，家家都开夜店，留宿在山头住一夜而打算转天早起观瞻日出的游人，收费却比国营招待所低廉。他们的屋子是石头垒的。山上风大，小屋都横竖卧在山道两旁的凹处，屋顶与道面一般平。屋里边简陋得几乎什么也没有，用来招待客人的，只有一条脏被和热开水。为了招待主顾，各家门首还挂着一个小幌牌，写着店名。有的叫"棒槌店"，就在木牌两边挂一对小木棒槌；有的叫"勺儿店"，便挂一对乌黑的小生铁勺；下边拴些红布穗子，随风摇摆，叮当轻响。不过，你在这店里睡不好觉。劳累了一天的挑山工和客人们睡在一张炕上。他们要整整打上一夜松涛般呼呼作响的鼾声……

在这些小石屋中间，摆着一件非常稀罕的东西。远看一人多高，颜色发黑，又圆又粗，两个人才能合抱过来。上边缀满繁密而细碎的光点，熠熠闪烁。好像一块巨型的金星石。近处一看，原来是一口特大的水缸，缸身满是裂缝，那些光点竟是数不清的连合破缝的锔子，估计总有一两千个，颇令人诧异。我问过山民，才知道，山顶没有泉眼，缺水吃，山民们用这口缸储存雨水。为什么打了这么多锔子呢?据说,三百多年前,山上住着一百多户人家。每天人们要到半山间去取水,很辛苦。一年,从这些人家中,长足了八个膀大腰圆、力气十足的小伙子。大家合计一下,在山下的泰安城里买了这口大缸。由这八个小伙子出力,整整用了七七四十九天,才把大缸抬到山顶。以后,山上人家愈来愈少,再也不能凑齐那样八个健儿,抬一口新缸来。每次缸裂了,便到山下请上来一位锔缸的工匠,锔上裂缝。天长日久,就成了这样子。

听了这故事,你就不会再抱怨山顶饭菜价钱的昂贵。山上烧饭用的煤,也是一块块挑上来的呀!

二

在泰山上,随处都可以碰到挑山工。他们肩上架一根光溜溜的扁担,两端翘起处,垂下几根绳子,拴挂着沉甸甸的物品。登山时,他们的一条胳膊搭在扁担上,另一条胳膊垂着,伴随登踏的步子有节奏地一甩一甩,以保持身体平衡。他们的路线是折尺形的——先从台阶的一端起步,斜行向上,登上七八级台阶,就到了台阶的另一端;便转过身子,反方向斜行,到一端再转回来,一曲一折向上登。每次转身,扁担都要换一次肩,这样才能使垂挂在扁担前头的东西不碰在台阶的边沿上,也为了省力。担了重物,照一般登山那样直上直下,膝头是受不住的。但路线曲折,就使路程加长。挑山工登一次山,路程大约比游人们的多一倍!

你来游山,一路上观赏着山道两旁的奇峰异石、巉岩绝壁、参天古木、飞烟流泉，心情喜悦，步子兴冲冲。可是当你走过这些肩挑重物的挑山工的身旁时，你会禁不住用一种同情的目光，注视他们一眼。你会因为自己身无负载而倍觉轻松，反过来，又为他们感到吃力和劳苦，心中生出一种负疚似的情感……而他们呢？默默地，不动声色，也不同游人搭话——除非向你问问时间。一步步慢吞吞地走自己的路。任你怎样嬉叫闹喊，也不会惊动他们。他们总用一种缓慢又平均的速度向上登，很少停歇。脚底板在石阶上发出坚实有力的嚓嚓声。在他们走过之处，常常会留下零零落落的汗水的滴痕……

奇怪的是，挑山工的速度并不比你慢。你从他们身边轻快地超越过去，自觉把他们甩在后边很远。可是，你在什么地方饱览四外雄美的山色，或在道边诵读与抄录凿刻在石壁上的爬满青苔的古人的题句，或在喧闹的溪流前洗脸濯足，他们就会在你身旁慢吞吞、不声不响地走过去，悄悄地超过了你。等你发现他走在你的前头时，会吃一惊，茫然不解，以为他们是像仙人那样腾云驾雾赶上来的。

有一次，我同几个画友去泰山写生，就遇到过这种情况。我们在山下的斗姥宫前买登山用的青竹杖时，遇到一个挑山工。矮个子，脸黑生生，眉毛很浓，大约四十来岁，敞开的白土布褂子中间露出鲜红的背心。他扁担一头拴着几张黄木凳子，另一头捆着五六个青皮西瓜。我们很快就越过他去。可是到了回马岭那条陡直的山道前，我们累了，舒开身子，躺在一块平平的被山风吹得干干净净的大石头上歇歇脚，这当儿，竟发现那挑山工就坐在对面的草茵上抽着烟。随后，我们差不多同时起程，很快就把他甩在身后，直到看不见。但当我爬上半山的五松亭时，却见他正在那株姿态奇特的古松下整理他的挑子。褂子脱掉，现出黑黝黝、健美的肌肉和红背心。我颇感惊异。走过去假装问道，让支烟，跟着便没话找话，和他攀谈起来。这山民倒不拘束，挺爱说话。他告诉我，他家住在山脚下，天天挑货上山。一年四季，一天一个来回。他干了近二十年。然后他说："您看俺个子小吗？干挑山工的，长年给扁担压得长不高，都是矮粗。像您这样的高个子干不了这种活。走起来，晃晃悠悠哪！"

他逗趣似的一抬浓眉，咧开嘴笑了，露出皓白的牙齿。山民们喝泉水，牙齿都很白。

这么一来，谈话更随便些，我便把心中那个不解之谜说出来：

"我看你们走得很慢，怎么反而常常跑到我们前边来了呢？你们有什么近道吗？"

他听了，黑生生的脸上显出一丝得意之色。他吸一口烟，吐出来，好像做了一点思考，才说：

"俺们哪里有近道，还不和你们是一条道？你们是走得快，可你们在路上东看西看，玩玩闹闹，总停下来呗！俺们跟你们不一样。不能像你们在路上那么随便，高兴怎么就怎么。一步踩不实不行，停停住住更不行。那样，两天也到不了山顶。就得一个劲总往前走。别看俺们慢，走长了就跑到你们前边去了。瞧，是不是这个理？"

我笑吟吟，心悦诚服地点着头。我感到这山民的几句话里，似乎包蕴着一种意味深长的哲理，一种切实而朴素的思想。我来不及细细嚼味，做些引申，他就担起挑子起程了。在前边的山道上，在我流连山色之时，他还是悄悄超过了我，提前到达山顶。

我在极顶的小卖部门前碰见他,他正在那里交货。我们的目光相遇时,他略表相识地点头一笑,好像对我说:

"瞧,俺可又跑到你的前头来了!"

我自泰山返回家后,就画了一幅画——在陡直而似乎没有尽头的山道上,一个穿红背心的挑山工给肩头的重物压弯了腰,却一步步、不声不响、坚韧地向上登攀。多年来,这幅画一直挂在我的书桌前,不肯换掉,因为我需要它……

1980 年 2 月

快手刘

在童年，人人都是时间的富翁。胡乱挥霍也使不尽。有时待在家里闷得慌，或者父亲嫌我太闹，打发我出去玩玩，我就不免要到离家很近的那个街口，去看快手刘变戏法。

快手刘是个撂地摆摊卖糖的胖大汉子。他有个随身背着的漆成绿色的小木箱，在哪儿摆摊就把木箱放在哪儿。箱上架一条满是洞眼的横木板，洞眼上插着一排排廉价而赤黄的棒糖。他变戏法是为吸引孩子们来买糖。戏法十分简单，俗称"小碗扣球儿"。一块绢子似的黄布铺在地上，两个白瓷小茶碗，四个滴溜溜的大红玻璃球儿，就这再普通不过的三样道具，却叫他变得神出鬼没。他两只手各拿一个茶碗，你明明看见每个碗下边扣着两个红球儿，你连眼皮都没眨动一下，嘿！四个球儿竟然全都跑到一个茶碗下边去了，难道这球儿是从地下钻过去的？他就这样把两只碗翻来翻去，一边叫天喊地，东指一下手，西吹一口气，好像真有什么看不见的神灵做他的助手，四个小球儿忽来忽去，根本猜不到它们在哪里。这种戏法比舞台上的魔术难变，舞台只一边对着观众；街头上的土戏法，前后左右围着一圈人，人们的视线从四面八方射来，容易看出破绽。有一次，我亲眼瞧见他手指飞快地一动，把一个球儿塞在碗下边扣住，便禁不住大叫：

"在右边那个碗底下哪，我看见了！"

"你看见了？"快手刘明亮的大眼珠子朝我惊奇地一闪，跟着换了一种正经的神气对我说，"不会吧！你可得说准了。猜错就得买我的糖。"

"行！我说准了！"我亲眼所见，所以一口咬定。自信使我的声音非常响亮。

谁知快手刘哈哈一笑，突然把右边的茶碗翻过来。

"瞧吧，在哪儿呢？"

咦，碗下边怎么什么也没有呢？只有碗口压在黄布上一道圆圆的印子。难道球儿穿过黄布钻进左边那个碗下边去了？快手刘好像知道我怎么猜想，伸手又把左边的茶碗掀开，同样什么也没有！球儿都飞了？只见他将两只空碗对口合在一起，举在头顶上，口呼一声："来！"双手一摇茶碗，里面竟然哗哗响，打开碗一看，四个球儿居然又都出现在碗里边。怪，怪，怪！

四边围看的人发出一阵惊讶不已的唏嘘之声。

"怎么样？你输了吧！不过在我这儿输了决不罚钱，买块糖吃就行了。这糖是纯糖稀熬的，单吃糖也不吃亏。"

我臊得脸皮发烫，在众人的笑声里买了块棒糖，站到人圈后边去。从此我只站在后边看了，再不敢挤到前边去多嘴多舌。他的戏法，在我眼里真是无比神奇了。这也是我童年真正钦佩的一个人。

他那时不过四十多岁吧，正当年壮，精饱神足，肉重肌沉，皓齿红唇，乌黑的眉毛像用毛笔画上去的。他蹲在那里活像一只站着的大白象。一边变戏法,一边卖糖,发亮而外凸的眸子四处流盼,照应八方;满口不住说着逗人的笑话。一双胖胖的手,指肚滚圆,却转动灵活,那四个小球儿就在这双手里忽隐忽现。我当时有种奇想,他的手好像是双层的,小球儿时时藏在夹层里。唉,孩提时代的念头,现在不会再有了。

这双异常敏捷的手,大概就是他绰号"快手刘"的来历。他也这样称呼自己,以至在我们居住的那一带无人不知他的大名。我童年的许多时光,就是在这最最简单又百看不厌的土戏法里,在这一直也不曾解开的迷阵中,在他这双神奇莫测、令人痴想不已的快手之间消磨的。他给了我多少好奇的快乐呢?

那些伴随着童年的种种人和事,总要随着童年的消逝而远去。我上中学以后就不常见到快手刘了。只是路过那路口时,偶尔碰见他。他依旧那样兴冲冲地变"小碗扣球儿",身旁摆着插满棒糖的小绿木箱。此时我已经是懂事的大孩子了,不再会把他的手想象成双层的,却依然看不出半点破绽,身不由己地站在那里,饶有兴致地看了一阵子。我敢说,世界上再好的剧目,哪怕是易卜生和莎士比亚的作品,也不能使我这样成百上千次看个不够。

我上高中是在外地。人一走,留在家乡的童年和少年就像合上的书。往昔美好的故事,亲切的人物,甜醉的情景,就像鲜活的花瓣夹在书页里,再翻开都变成了干枯了的回忆。谁能使过去的一切复活?那去世的外婆,不知去向的挚友,妈妈乌黑的卷发,久已遗失的那些美丽的书,那跑丢了的绿眼睛的小白猫……还有快手刘。

高中二年级的暑期,我回家度假。一天,在离家不远的街口看见十多个孩子围着什么又喊又叫。走近一看,心中怦然一动,竟是快手刘!他依旧卖糖和变戏法,但人已经大变样子。十年不见,他好像度过了二十年。模样接近了老汉。单是身旁摆着的那只木箱,就带些凄然的样子。它破损不堪,黑乎乎,黏腻腻,看不出一点先前那悦目的绿色。横板上插糖的洞孔,多年来给棒糖的竹棍捅大了,插在上边的棒糖东倒西歪。再看他,那肩上、背上、肚子上、臂上的肉都到哪儿去了呢?饱满的曲线没了,衣服下处处凸出尖尖的骨形来;脸盘仿佛小了一圈,眸子无光,更没有当初左顾右盼、流光四射的精神。这双手尤其使我动心——他分明换了一双手!手背上青筋缕缕,污黑的指头上绕着一圈圈皱纹,好像吐尽了丝而皱缩下去的老蚕……于是,当年一切神秘的气氛和绝世的本领都从这双手上消失了。他抓着两只碗口已经碰得破破烂烂的茶碗,笨拙地翻来翻去,那四个球儿,一会儿没头没脑地撞在碗边上,一会儿从手里掉下来。他的手不灵了!孩子们叫起来:"球儿在那儿呢!""在手里哪!""指头中间夹着哪!"在这喊声里,他一慌张,手就愈不灵,哆哆嗦嗦搞得他自己也不知道球儿都在哪里了。无怪乎四周的看客只是寥寥一些孩子。

"在他手心里,没错!绝没在碗底下!"有个光脑袋的胖小子叫道。

我也清楚地看到,在扣过茶碗的时候,他就把地上的球儿取在手中。这动作缓慢迟钝,失误就十分明显。孩子们吵着闹着叫快手刘张开手,快手刘的手却攥得紧紧的,朝孩子们尴尬地掬出笑容。这一笑,满脸皱纹都挤在一起,好像一个皱纸团。他几乎用请求的口气说:

"是在碗里呢!我手里边什么也没有……"

当年神气十足的快手刘哪会用这种口气说话？这些稚气又认真的孩子们偏偏不依不饶，非叫快手刘张开手不可。他哪能张手，手一张开，一切都完了。我真不愿意看见快手刘这一副狼狈的、惶惑的、无措的窘态。多么希望他像当年那次——由于我自作聪明，揭他老底，迫使他亮出一个捉摸不透的绝招。小球儿突然不翼而飞，呼之即来。如果他再使一下那个绝招，叫这些不知轻重的孩子们领略一下名副其实的快手刘而瞠目结舌多好！但他老了，不再会有那花好月圆的年华了。

我走进孩子们中间，手一指快手刘身旁的木箱说：

"你们都说错了，球儿在这箱子上呢！"

孩子们给我这突如其来的话弄得大感不解，都瞅那木箱。就在这时，我眼角瞥见快手刘用一种尽可能的快速度把手里的小球儿塞到碗下边。

"球儿在哪儿呢？"孩子们问我。

快手刘笑呵呵翻开地上的茶碗说：

"瞧，就在这儿哪！怎么样？你们说错了吧，买块糖吧，这糖是纯糖熬的，单吃糖也不吃亏。"

孩子们给骗住了，再不喊闹。一两个孩子掏钱买糖，其余的一哄而散。随后只剩下我和从窘境中脱出身来的快手刘，我一扭头，他正瞧我。他肯定不认识我。他皱着花白的眉毛，饱经风霜的脸和灰蒙蒙的眸子里充满疑问，显然他不明白，我这个陌生的青年何以要帮他一下。

1982 年 11 月 16 日

长衫老者

　　我幼时,家对门有条胡同,又窄又长,九曲八折,望进去深邃莫测。隔街是店铺集中的闹市,过往行人都以为这胡同通向那边闹市,是条难得的近道,便一头扎进去,弯弯转转,直走到头,再一拐,迎面竟是一堵墙壁,墙内有户人家。原来这是条死胡同!好晦气!凡是走到这儿来的,都恨不得把这面堵得死死的墙踹倒!

　　怎么办?只有认倒霉,掉头走出来。可是这么一往一返,不但没抄了近道,反而白跑了长长一段冤枉路。正像俗话说的:贪便宜者必吃亏。那时,只要看见一个人满脸丧气从胡同里走出来,哈,一准知道是撞上死胡同了!

　　走进这死胡同的,不仅仅是行人,还有一些小商小贩。为了省脚力,推车挑担串进来,这就热闹了。本来狭窄的道常常拥塞,叫车轱辘碰伤孩子的事也不时发生。没人打扫它,打扫也没用,整天土尘蓬蓬。人们气急就叫:"把胡同顶头那家房子扒了!"房子扒不了,只好忍耐;忍耐久了,渐渐习惯。就这样,乱乱哄哄,好像它天经地义就该如此。

　　一天,来了一位老者,个子矮小,干净爽利,一件灰布长衫，红颜白须，目光清朗，胳肢窝夹个小布包包，看样子像教书先生。他走进胡同，一直往里，可过不久就返回来。嘿，又是一个撞上死胡同的！

这位长衫老者却不同常人。他走出来时，面无懊丧，而是目光闪闪，似在思索。然后站在胡同口，向左右两边光秃秃的墙壁望了望，跟着蹲下身，打开那布包，包里面有铜墨盒、毛笔、书纸和一个圆圆的带盖的小饭盆。他取笔展纸，写了端端正正、清清楚楚四个大字："此路不通。"又从小盆里捏出几颗饭粒，代做糨糊，把这张纸贴在胡同口的墙壁上，看了两眼便飘然而去。

咦，谁料到这张纸一出，立刻出现奇迹。过路人若要抄近道扎进胡同，一见纸上的字，就转身走掉；小商贩们即使不识字，见这里进出人少，疑惑是死胡同，自然不敢贸然进去。胡同陡然清静多了。过些日子，这纸条给风吹雨打，残破了，胡同里的住家便想到用一块木板，仿照这四个字写在上边，牢牢钉在墙上，这样就长久地保留下来。

胡同自此大变样子。

它出现了从来没见过的情景：有人打扫，有人种花，有孩童玩耍，鸟雀也敢在地面上站一站。逢到一夜大雪过后，犹如一条蜿蜒洁白的带子，渐渐才给早起散步的老人们，踩上一串深深的雪窝窝。这些饱受市井喧嚣的人家，开始享受起幽居的静谧和安宁来了。

于是，我挺奇怪，本来这么简单的一举，为什么许多年里不曾有人想到？我因此愈加敬重那矮小、不知姓名、肯思索、更肯动手来做的长衫老者了……

1984 年 2 月 8 日

猫　婆

　　我那小阁楼的后墙外,居高临下地看是一条又长又深的胡同,我称它为猫胡同。每日夜半,这里是猫儿们无法无天的世界。它们戏耍、求偶、追逐、打架,叫得厉害时有如小孩扯着嗓子号哭。吵得人无法入睡时,便常有人推开窗大吼一声"去——",或者扔块石头瓦片轰赶它们。我在忍无可忍时也这样怒气冲冲干过不少次。每每把它们赶跑,静不多时,它们又换个什么地方接着闹,通宵不绝。为了逃避这群讨厌的家伙,我真想换房子搬家。奇怪,哪来这么多猫,为什么偏偏都跑到这胡同里来聚会闹事?

　　一天,我到一位朋友家去串门,聊天,他养猫,而且视猫如命。

　　我说:"我挺讨厌猫的。"

　　他一怔,扭身从墙角纸箱里掏出个白色的东西放在我手上。呀,一只毛线球大小雪白的小猫!大概它有点怕,缩成个团,小耳朵紧紧贴在脑袋上,一双纯蓝色亮亮的圆眼睛柔和又胆怯地望着我。我情不自禁赶快把它捧在怀里,拿下巴蹭它毛茸茸的小脸,竟然对这朋友说:"太可爱了,把它送给我吧!"

我这朋友笑了,笑得挺得意,仿佛他用一种爱战胜了我不该有的一种怨恨。他家大猫这次一窝生了一对小猫——一只一双金黄眼,一只一双天蓝色眼。尽管他不舍得送人,对我却例外地割爱了。似乎为了要在我身上培养出一种与他同样的爱心来,真正的爱总希望大家共享,尤其对我这个厌猫者。

小猫一入我家,便成了我全家人的情感中心。起初它小,趴在我手掌上打盹睡觉,我儿子拿手绢当被子盖在它身上,我妻子拿眼药瓶吸牛奶喂它。它呢,喜欢像婴儿那样仰面躺着吃奶,吃得高兴时便用四只小毛腿抱着你的手,伸出柔软的、细砂纸似的小红舌头亲昵地舔你的手指尖……这样,它长大了,成为我家中的一员,并有着为所欲为的权利——睡觉可以钻进任何人的被窝,吃饭可以跳到桌上,蹲在桌角,想吃什么就朝什么叫,哪怕最美味的一块鱼肚或鹅肝,我们都会毫不犹豫地让给它。嘿,它夺去我儿子受宠的位置,我儿子却毫不妒忌它,反给它起了顶漂亮、顶漂亮的名字,叫"蓝眼睛"。这名字起得真好!每当蓝眼睛闯祸——砸了杯子或摔了花瓶,我发火了,要打它,但只要一瞅它那纯净光澈、惊慌失措的蓝眼睛,心中的火气顿时全消,反而会把它拥在怀里,用手捂着它那双因惊恐瞪大的蓝眼睛,不叫它看,怕它被自己的冒失吓着……

我也是视猫如命了。

入秋,天一黑,不断有些大野猫出现在我家的房顶上,大概都是从后面猫胡同爬上来的吧。它们个个很丑,神头鬼脸向屋里张望。它们一来,蓝眼睛立即冲出去,从晾台蹿上屋顶,和它们对吼、厮打,互相穷追不舍。我担心蓝眼睛被这些大野猫咬死,关紧通向晾台的门,蓝眼睛便发疯似的抓门,还哀哀地向我乞求。后来我知道蓝眼睛是小母猫,它在发狂地爱,我便打开门不再阻拦。它天天夜出晨归,归来时,浑身滚满尘土,两眼却分外兴奋明亮,像蓝宝石。就这样,在很冷的一天夜里出去了,没再回来,我妻子站在晾台上拿根竹筷子当当敲着它的小饭盆,叫它,一连三天,期待落空。意想不到的灾难降临——蓝眼睛丢了!

情感的中心突然走失,家中每个人全空了。

我不忍看妻子和儿子噙泪的红眼圈,便房前房后去找。黑猫、白猫、黄猫、花猫、大猫、小猫,各种模样的猫从我眼前跑过,唯独没有蓝眼睛……懊丧中,一个孩子告诉我,猫胡同顶里边一座楼的后门里,住着一个老婆子,养了一二十只猫,人称"猫婆",蓝眼睛多半是叫她的猫勾去的。这话点亮了我的希望。

当夜,我钻进猫胡同,在没有灯光的黑暗里寻到猫婆家的门,正想察看情形,忽听墙头有动静,抬头吓一跳,几只硕大的猫影黑黑地蹲在墙上。我轻声一唤"蓝眼睛",猫影全都微动,眼睛处灯光似的一闪一闪,并不怕人。我细看,没有蓝眼睛,就守在墙根下等候。不时一只走开,跳进院里;不时又从院里爬上一只来……一直没等到蓝眼睛。但这院里似乎是个大猫洞,我那可怜的宝贝多半就在里边猫婆的魔掌之中了。我冒冒失失地拍门,非要进去看个究竟不可。

门打开,一个高高的老婆子出现——这就是猫婆了。里边亮灯,她背光,看不清面孔,只是一条墨黑墨黑神秘的身影。

我说我找猫,她非但没拦我,反倒立刻请我进屋去。我随她穿过小院,又低头穿过一道小门,是间阴冷的地下室。一股浓重噎人的猫味马上扑鼻而来。屋顶很低,正中吊下一个很脏的小灯泡,把屋内照得昏黄。一个柜子,一座生铁炉子,一张大床,地上几只放猫食的破瓷碗,再没别的,连一把椅子也没有。

猫婆上床盘腿而坐,她叫我也坐在床上。我忽见一团灰土土的棉被上,东一只西一只横躺竖卧着几只猫。我扫一眼这些猫,还是没有蓝眼睛。猫婆问我:"你丢的那猫什么样?"我描述一遍,她立即叫道:"那大白波斯猫吧?长毛?大尾巴?蓝眼睛?见过见过,常从房上下来找我们玩,还在我们这儿吃过东西呢,多疼人的宝贝!丢几天了?"我盯住她那略显浮肿、苍白无光的老脸看,她只有焦急,却无半点装假的神气。我说:"五六天了。"她的脸顿时阴沉下来,停了片刻才说:"您甭找了,回不来了!"我很疑心这话是骗我的,目光搜寻可能藏匿蓝眼睛的地方。这时,猫婆的手忽向上一指,呀,迎面横着的铁烟囱上,竟然还趴着好大一长排各种各样的猫!有的眼睛看我,有的闭眼睡觉,它们是在借着烟囱的热气取暖。

猫婆说:"您瞧瞧吧,这都是叫人打残的猫!从高楼上摔坏的猫!我把它们拾回来养活的。您瞧那只小黄猫,那天在胡同口叫孩子们按着批斗,还要烧死它,我急了,一把从孩子们手里抢出来的!您想想,您那宝贝丢了这么多天,哪还有好?现在乡下常来一伙人,下笼子逮猫吃,造孽呀!他们在笼里放了鸟儿,把猫引进去,笼门就关上……前几天我的一只三花猫就没了。我的猫个个喂得饱饱的,不用鸟儿绝对引不走,那些狼心狗肺的家伙,吃猫肉,叫他们吃!吃得烂嘴、烂舌头、浑身烂、长疮、烂死!"

她说得脸抖,手也抖,点烟时,烟卷抖落在地。烟囱上那小黄猫,瘦瘦的,尖脸,很灵,立刻跳下来,叼起烟,仰起嘴,递给她。猫婆笑脸开花,咧着嘴不住地说:"瞧,您瞧,这小东西多懂事!"像在夸赞她的一个小孙子。

我还有什么理由怀疑她?面对这天下受难猫儿们的救护神,告别出来时,不觉带着一点惭愧和狼狈的感觉。

蓝眼睛的丢失虽使我伤心很久,但从此不知不觉我竟开始关切所有猫儿的命运。猫胡同再吵再闹也不再打扰我的睡眠,似乎有一只猫叫,就说明有一只猫活着,反而令我心安。猫叫成了我的安眠曲……

转过一年,到了猫儿们的求偶时节,猫胡同却忽然安静下来。

我妻子无意间从邻居那里听到一个不幸的消息:猫婆死了。同时——在她死后——才知道她在世时的一点点经历。

据说,猫婆本是先前一个米铺老板的小婆,被老板的大婆赶出家门,住在猫胡同那座楼第一层的两间房子里。后又被当作资本家老婆,轰到地下室。她无亲无故,孑然一身,拾纸为生,以猫为伴,但她所养的猫没有一个良种好猫,都是拾来的弃猫、病猫和残猫。她天天从水产店捡些臭鱼烂虾煮了,放在院里喂猫,也就招引一些无家可归的野猫来填肚充饥,有的干脆在她家落脚。她有猫必留,谁也不知道她家到底有多少只猫。

"文革"前，曾有人为她找了个伴，是个卖肉的老汉。结婚不过两个月，老汉忍受不了这些猫闹、猫叫、猫味，就搬出去住了。人们劝她扔掉这些猫，接回老汉，她执意不肯，坚持与这些猫共享着无人能解的快乐。

两个月前，猫婆生急病猝死，老汉搬回来，第一件事便是把这些猫统统轰走。被赶跑的猫儿依恋故人故土，每每回来，必遭老汉一顿死打，这就是猫胡同忽然不明不白静下来的根由了。

这消息使我的心一揪。那些猫，那些在猫婆床上、被上、烟囱上的猫，那些残的、病的、瞎的猫儿们呢？那只尖脸的、瘦瘦的、为猫婆叼烟卷的小黄猫呢？如今漂泊街头，饿死他乡，被孩子弄死，还是叫人用笼子捉去吃掉了？一种伤感与担虑从我心里漫无边际地散开，散出去，随后留下的是一片沉重的空茫。这夜，我推开后窗向猫胡同望下去，只见月光下，猫婆家四周的房顶墙头趴着一只只猫影，大约有七八只，黑黑的，全都默不作声。这都是猫婆那些生死相依的伙伴，它们等待着什么呀？

从这天起，我常常把吃剩下的一些东西，一块馒头、一个鱼头或一片饼扔进猫胡同里去，这是我仅能做到的了。但这年里，我也不断听到一些猫这样或那样死去的消息，即使街上一只猫被轧死，我都认定必是那些从猫婆家里被驱赶出来的流浪儿。入冬后，我听到一个令人战栗的故事——

我家对面一座破楼修理瓦顶。白天里瓦工们换瓦时活没干完，留下个洞，一只猫为了御寒，钻了进去；第二天瓦工们盖上瓦走了，这只猫无法出来，急得在里边叫。住在这楼顶层的五六户人家都听到猫叫，还有在顶棚上跑来跑去的声音，但谁家也不肯将自家的顶棚捅坏，放它出来。这猫叫了三整天，开头声音很大，很惨，瘆人，但一天比一天声音微弱下来，直至消失！

听到这故事，我彻夜难眠。

更深夜半，天降大雪，猫胡同里一片死寂，这寂静化为一股寒气透进我的肌骨。忽然，后墙下传来一声猫叫，在大雪涂白了的胡同深处，猫婆故居那墙头上，孤零零趴着一只猫影，在凛冽中蜷缩一团，时不时哀叫一声，甚是凄婉。我心一动，是那尖脸小黄猫吗？忙叫声："咪咪！"我想下楼去把它抱上来，谁知一声唤，将它惊动，它起身慌张跑掉。

猫胡同里便空无一物。只剩下一片夜的漆黑和雪的惨白，还有奇冷的风在这又长又深的空间里呼啸。

1989 年 9 月 6 日

好嘴杨巴

津门胜地，能人如林，此间出了两位卖茶汤的高手，把这种稀松平常的街头小吃，干得远近闻名。这二位，一位胖黑敦厚，名叫杨七；一位细白精朗，人称杨八。杨七杨八，好赛哥俩，其实却无亲无故，不过他俩的爹都姓杨罢了。杨八本名杨巴，由于"巴"与"八"音同，杨巴的年岁长相又比杨七小，人们便错把他当成杨七的兄弟。不过要说他俩的配合，好比左右手，又非亲兄弟可比。杨七手艺高，只管闷头制作；杨巴口才好，专管外场照应。虽然里里外外只这两人，既是老板又是伙计，闹得却比大买卖还红火。

杨七的手艺好，关键靠两手绝活。

一般茶汤是把秫米面沏好后，捏一撮芝麻撒在浮头，这样做香味只在表面，愈喝愈没味。杨七自有高招，他先盛半碗秫米面，便撒上一次芝麻，再盛半碗秫米面，沏好后又撒一次芝麻。这样一直喝到见了碗底都有香味。

他另一手绝活是，芝麻不用整粒的，而是先使铁锅炒过，再拿擀面杖压碎。压碎了，里面的香味才能出来。芝麻必得炒得焦黄不煳，不黄不香，太煳便苦；压碎的芝麻粒还得粗细正好，太粗费嚼，太细也就没嚼头了。这手活别人明知道也学不来。手艺人的能耐全在手上，此中道理跟写字画画差不多。

可是，手艺再高，东西再好，拿到生意场上必得靠人吹。三分活，七分说，死人说活了，破货变好货，买卖人的功夫大半在嘴上。到了需要逢场作戏、八面玲珑、看风使舵、左右逢源的时候，就更指着杨巴那张好嘴了。

那次，李鸿章来天津，地方的府县道台费尽心思，究竟拿吗样的吃喝才能把中堂大人哄得高兴？京城豪门，山珍海味不新鲜，新鲜的反倒是地方风味小吃，可天津卫的小吃太粗太土。熬小鱼刺多，容易卡嗓子；炸麻花梆硬，弄不好硌牙。琢磨三天，难下决断，幸亏知府大人原是地面上走街串巷的人物，吗都吃过，便举荐出"杨家茶汤"。茶汤黏软香甜，好吃无险，众官员一齐称好，这便是杨巴发迹的缘由了。

这日下晌，李中堂听过本地小曲莲花落子，饶有兴味，满心欢喜，撒泡热尿，身爽腹空，要吃点心。知府大人忙叫"杨七杨八"献上茶汤。今儿，两人自打到这世上来，头次里外全新，青裤青褂，白巾白袜，一双手拿碱面洗得赛脱层皮那样干净。他俩双双将茶汤捧到李中堂面前的桌上，然后一并退后五步，垂手而立，说是听候吩咐，实是请好请赏。

李中堂正要尝尝这津门名品，手指尖将碰碗边，目光一落碗中，眉头忽地一皱，面上顿起阴云，猛然甩手，啪地将一碗茶汤打落在地。碎瓷乱飞，茶汤泼了一地，还冒着热气。在场众官员吓蒙了，杨七和杨巴慌忙跪下，谁也不知中堂大人为吗发怒。

当官的一个比一个糊涂，这就透出杨巴的明白。他眨眨眼，立时猜到中堂大人以前没喝过茶汤,不知道撒在浮头的碎芝麻是吗东西,一准当成不小心掉上去的脏土,要不哪会有这么大的火气?可这样,难题就来了——

倘若说这是芝麻,不是脏东西,不等于骂中堂大人孤陋寡闻,没有见识吗?倘若不加解释,不又等于承认给中堂大人吃脏东西?说不说,都是要挨一顿臭揍,然后砸饭碗子。而眼下顶要紧的,是不能叫李中堂开口说那是脏东西。大人说话,不能改口。必须赶紧想辙,抢在前头说。

杨巴的脑筋飞快地一转两转三转,主意来了!只见他脑袋撞地,咚咚咚叩得山响,一边叫道:"中堂大人息怒!小人不知道中堂大人不爱吃压碎的芝麻粒,惹恼了大人。大人不记小人过,饶了小人这次,今后一定痛改前非!"说完又是一阵响头。

李中堂这才明白,刚才茶汤上那些黄渣子不是脏东西,是碎芝麻。明白过后便想,天津卫九河下梢,人性练达,生意场上,心灵嘴巧。这卖茶汤的小子更是机敏过人,居然一眼看出自己错把芝麻当作脏土,而三两句话,既叫自己明白,又给自己面子。这聪明在眼前的府县道台中间是绝没有的,于是对杨巴心生喜欢,便说:

"不知道当无罪!虽然我不喜欢吃碎芝麻(他也顺坡下了),但你的茶汤名满津门,也该嘉奖!来人呀,赏银一百两!"

这一来,叫在场所有人摸不着头脑。茶汤不爱吃,反倒奖巨银,为吗?傻啦?杨巴趴在地上,一个劲地叩头谢恩,心里头却一清二楚全明白。

自此,杨巴在天津城威名大震。那"杨家茶汤"也被人们改称作"杨巴茶汤"了。杨七反倒渐渐埋没,无人知晓。杨巴对此毫不内疚,因为自己成名靠的是自己一张好嘴,李中堂并没有喝茶汤呀!

1994 年 1 月

歪 儿

那个暑假,天刚擦黑,晚饭吃了一半,我的心就飞出去了。因为我又听到歪儿那尖细的召唤声:"来玩踢罐电报呀——"

"踢罐电报"是那时男孩子们最喜欢的游戏。它不单需要快速、机敏,还带着挺刺激的冒险滋味。它的玩法又简单易学,谁都可以参加。先是在街中央用白粉粗粗画一个圈,将一个空洋铁罐摆在圈里,然后大家聚拢一起"手心手背"分批淘汰,最后剩下一个人坐庄。坐庄可不易,他必须极快地把伙伴们踢得远远的罐拾回来,放到原处,再去捉住一个乘机躲藏的孩子顶替他,才能下庄;可是就在他四处去捉那些藏身的孩子时,冷不防从什么地方会窜出一人,叭地将罐子丁零当啷踢得老远,倒霉,又得重新开始……一边要捉人,一边还得防备罐子再次被踢跑,这真是个苦差事,然而最苦的还要算歪儿!

歪儿站在街中央,左盼右盼寻着空铁罐,活像一个蒸熟了的小红薯。他细小,软绵绵,歪歪扭扭;眼睛总像睁不开,薄薄的嘴唇有点斜,更奇怪的是他的耳朵,明显地一大一小,像是父子俩。他母亲是苏州人,四十岁才生下这个有点畸形的儿子,取名叫"弯儿"。我们天天都能听到她用苏州腔呼唤儿子的声音，却把"弯儿"错听成"歪儿"。也许这"歪儿"更像他的模样。由于他身子歪，跑起来就打斜，玩踢罐电报便十分吃亏。可是他太热爱这种游戏了，他宁愿坐庄，宁愿徒自奔跑，宁愿一直累得跌跌撞撞……大家玩的罐子还是他家的呢！

只有他家才有这装芦笋的长长的铁罐，立在地上很得踢，如果要没有这宝贝罐子，说不定大家嫌他累赘，不带他玩了呢！

我家刚搬到这条街上来，我就加入了踢罐电报的行列，很快成了佼佼者。这游戏简直就是为我发明的——我的个子比同龄的孩子高一头，腿也几乎长一截，跑起来真像骑摩托送电报的邮差那样风驰电掣，谁也甭想逃脱我的追逐。尤其我踢罐那一脚，叭的一声过后，只能在远处朦胧的暮色里去听它丁零当啷的声音了，要找到它可费点劲呢！这时，最让大家兴奋的是瞅着歪儿去追罐那样子，他一忽儿斜向左，一忽儿斜向右，像个脱了轨而瞎撞的破车，逗得大家捂着肚子笑。当歪儿正要发现一个藏身的孩子时，我又会闪电般冒出来，一脚把罐踢到视线之外，可笑的场面便再次出现……就这样，我成了当然的英雄，得意非凡。歪儿怕我，见到我总是一脸懊丧。天天黄昏，这条小街上充满了我的迅猛威风和歪儿的疲于奔命。终于有一天，歪儿一屁股坐在白粉圈里，怏怏无奈地痛哭不止……他妈妈跑出来，操着纯粹的苏州腔朝他叫着骂着，扯他胳膊回家。这愤怒的声音里似乎含着对我们的谴责。我们都感觉自己做了什么不好的事，默默站了一会儿才散。

歪儿不来玩踢罐电报了。他不来，罐自然也变了，我从家里拿来一种装草莓酱的小铁罐，短粗，又轻，不但踢不远，有时还踢不上，游戏的快乐便减色许多。那么失去快乐的歪儿呢？我望着他家二楼那扇黑黑的玻璃窗，心想他正在窗后边眼巴巴瞧着我们玩吧！这时忽见窗子一点点开启，跟着一个东西扔下来。这东西掉在地上的声音那么熟悉，那么悦耳，那么刺激，原来正是歪儿那长长的罐。我的心头一次感到被一种内疚深深地刺痛了。我迫不及待地朝他招手，叫他来玩。

歪儿回到了我们中间。

一切都奇妙又美好地发生了变化。大家并没有商定什么，却不约而同、齐心合力地等待着这位小伙伴了。大家尽力不叫他坐庄，有时他"手心手背"输了，也很快有人情愿被他捉住，好顶替他。大家相互配合，心领神会，作假成真。一次，我看见歪儿躲在一棵大槐树后边正要被发现，便飞身上去，一脚把罐踢得好远好远，解救了歪儿，又过去拉着他，急忙藏进一家院内的杂物堆里。我俩蜷缩在一张破桌案下边，紧紧挤在一起，屏住呼吸，却互相能感到对方的胸脯急促起伏，这紧张充满异常的快乐啊！我忽然见他那双眯缝的小眼睛竟然睁得很大，目光兴奋、亲热、满足，并像晨星一样光亮！原来他有这样一双又美又动人的眼睛。是不是每个人都有这样一双眼睛，就看我们能不能把它们点亮？

1995 年 7 月 4 日

记韦君宜

我不知道为什么,对一个人深入的回忆,一定要到他逝去之后。难道回忆是被痛苦带来的吗?

一九七七年春天我认识了韦君宜。我真幸运,那时我刚刚把一只脚怯生生踏在文学之路上。我对自己毫无把握。我想,如果我没有遇到韦君宜,我以后的文学可能完全是另一个样子。我认识她几乎是一种命运。

但是这之前的十年"文革"把我和她的历史全然隔开。我第一次见到她时,并不清楚她是谁,这便使我相当尴尬。

当时,李定兴和我把我们的长篇处女作《义和拳》的书稿寄到人民文学出版社。尽管我脑袋里有许多天真的幻想,但书稿一寄走便觉得希望落空。因为人民文学出版社是公认的国家文学出版社,面对这块牌子谁会有太多的奢望?可是没过多久,小说北组(当时出版社负责长江以北的作者书稿的编辑室)的组长李景峰便表示出对这部书稿的热情与主动,这一下使我和定兴差点成了一对范进。跟着出版社就把书稿打印成厚厚的上下两册征求意见本，分别在京津两地召开征求意见的座谈会。那时的座谈常常是在作品出版之前，绝不是当下流行的一种炒作或造声势，而是为了尽量提高作品的出版质量。于是，李景峰来到天津，还带来一个身材很矮的女同志，他说她是"社领导"。当李景峰对我说出她的姓名时，那神气似乎等待我的一番惊喜的反应，但我却只是陌生又迟疑地朝她点头。我当时脸上的笑容肯定也很窘。后来我才知道她在文坛上的名气，并恨自己的无知。

座谈会上我有些紧张，倒不是因为她是"社领导"，而是她几乎一言不发。我不知该怎么跟她说话。会后，我请他们去吃饭——这顿饭的"规格"在今天看来简直难以想象！一九七六年的大地震毁掉我的家，我全家躲到朋友家的一间小屋里避难。在我的眼里，劝业场后门那家卖锅巴菜的街头小铺就是名店了。这家店一向屋小人多，很难争到一个凳子。我请韦君宜和李景峰占一个稍松快的角落，守住小半张空桌子，然后我去买牌，排队，自取饭食。这饭食无非带汤的锅巴、热烧饼和酱牛肉。待我把这些东西端回来时，却见一位中年妇女正朝着韦君宜大喊大叫。原来韦君宜没留意，坐在她占有的一张凳子上。这中年妇女很凶，叫喊时龇着长牙，青筋在太阳穴上直跳，韦君宜躲在一边不言不语，可她还是盛怒不息。韦君宜也不解释，睁着圆圆一双小眼睛瞧着她，样子有点窝囊。有个汉子朝这不依不饶的女人说："你的凳子干吗不拿着，放在那里谁不坐？"这店的规矩是只要把凳子弄到手，排队取饭时便用手提着凳子或顶在脑袋上。多亏这汉子的几句话，一碗水似的把这女人的火气压住。我赶紧张罗着换个地方，依然没有凳子坐，站着把东西吃完，他们就要回北京了。这时韦君宜对我说了一句话："还叫你花了钱。"这话虽短，甚至有点吞吞吐吐，却含着一种很恳切的谢意。她分明是那种羞于表达、不善言谈的人吧！这就使我更加尴尬和不安。多少天里一直埋怨自己，为什么把他们领到这种拥挤的小店铺吃东西。使我最不忍的是她远远跑来，站着吃一顿饭，无端端受了那女人的训斥和恶气，还反过来对我诚恳地道谢。

不久我被人民文学出版社借去修改这部书稿，住在北京朝内大街一百六十六号那幢灰色而陈旧的办公大楼的顶层。"文革"刚刚结束，文化单位依旧存着肃寂的气息，"揭批查"的大字报挂满走廊。人一走过，大字报哗哗作响。那时"伤痕文学"尚未出现，作家们仍未解放，只是那些拿着这枷锁钥匙的家伙们不知跑到哪里去了。出版社从全国各地借调来改稿的业余作者，每四个人挤在一间小屋，各自拥抱着一张办公桌，抽烟、喝水、写作，并把自己独有的烟味和身体气息浓浓地混在这小小空间里，有时从外边走进来，气味真有点噎人。我每改过一个章节便交到李景峰那里，他处理过再交到韦君宜处。韦君宜是我的终审，我却很少见到她，大都是经由李景峰间接听到韦君宜的意见。李景峰是个高个子、朴实的东北人，编辑功力很深，不善于开会发言，但爱聊天，话说到高兴时喜欢把裤腿往上一捋，手拍着白白的腿，笑嘻嘻地对我说："老太太（人们背后对韦君宜的称呼）又夸你了，说你有灵气，贼聪明。"李景峰总是死死守护在他的作者一边，同忧同喜，这样的编辑已经不多见了。我完全感觉得到，只要他在韦君宜那里听到什么好话，便恨不得马上跑来告诉我。他每次说完准又要加上一句："别翘尾巴呀，你这家伙！"我呢，就这样接受和感受着这位责编美好又执着的情感。然而，我每逢见到韦君宜,她却最多朝我点点头,与我擦肩而过,好像她并没有看过我的书稿。她走路时总是很快,嘴巴总是自言自语那样嗫嚅着,即使迎面是熟人也很少打招呼。可是一次,她忽然把我叫去。她坐在那堆满书籍和稿件的书桌前——她天天肯定是从这些书稿中"挖"出一块桌面来工作的。这次她一反常态,滔滔不绝。她与我谈起对聂士成和马玉昆的看法,再谈我们这部小说人物的结局,人物的相互关系,史料的应用与虚构,还有我的一些语病。她令我惊讶不已,原来她对我们这部五十五万字的书稿每个细节都看得入木三分。然后,她从满桌书稿中间的盆地似的空间里仰起脸来对我说:"除去那些语病必改,其余凡是你认为对的,都可以不改。"这时我第一次看见了她的笑容,一种温和的、满意的、欣赏的笑容。

这是我永远不会忘记的一个笑容。随后,她把书桌上一个白瓷笔筒底朝天地翻过来,笔筒里的东西哗地全翻在桌上,有铅笔头、圆珠笔芯、图钉、曲别针、牙签、发卡、眼药水等,她从这乱七八糟的东西间找到一个铁夹子——她大概从来都是这样找东西。她把几页附加的纸夹在书稿上,叫我把书稿抱回去看。我回到五楼一看便惊呆了。这书稿上密密麻麻竟然写满她修改的字迹,有的地方用蓝色圆珠笔改过,再用红色圆珠笔改,然后用黑圆珠笔又改一遍。想想,谁能为你的稿子付出这样的心血?

我那时工资很低,还要分出一部分钱放在家里。每天抽一包劣质而辣嘴的"战斗牌"烟卷,近两角钱,剩下的钱只能在出版社食堂里买那种五分钱一碗的炒菠菜。往往这种日子的一些细节刀刻一般记在心里。比如那位已故的、曾与我同住一起的新疆作家沈凯,一天晚上他举着一个剥好的煮鸡蛋给我送来,上边还撒了一点盐，为了使我有劲熬夜。再比如朱春雨一次去"赴宴"，没忘了给我带回一块猪排骨，他用稿纸画了一个方碟子，下面写上"冯骥才的晚餐"，把猪排骨放在上边。至今我仍然保存着这张纸，上面还留着那块猪排骨的油渍。有一天，李景峰跑来对我说："从今天起出版社给你一个月十五块钱的饭费补助。"每天五角钱！怎么会有这样天大的好事？李景峰笑道："这是老太太特批的，怕饿垮了你这大个子！"当时说的一句笑话，今天想起来，我却认真地认为，我那时没被那几十万字累垮，肯定就有韦君宜的帮助与爱护了。

我不止一次听到出版社的编辑们说，韦君宜在全社大会上说我是个"人才"，要"重视和支持"。然而，我遇到她，她却依然若无其事，对我点点头，嘴里自言自语似的嗫嚅着，匆匆擦肩而过。可是我似乎已经习惯了这种没有交流的接触方式。她不和我说话，但我知道我在她心里的位置；她是不是也知道，我虽然没有任何表示，在我心里她却有个很神圣的位置？

在我的第二部长篇小说《神灯前传》出版时，我去找她，请她为我写一篇序。我做好被回绝的准备。谁知她一听，眼睛明显地一亮，点头应了，嘴巴又嚅动几下，不知说些什么。我请她写序完全是为了一种纪念，纪念她在我文字中所付出的母亲般的心血，还有那极其特别的从不交流却实实在在的情感。我想，我的书打开时，首先应该是她的名字。于是《神灯前传》这本书出版后，第一页便是韦君宜写的序言《祝红灯》。在这篇序中依然是她惯常的对我的方式，朴素得近于平淡，没有着意的褒奖与过分的赞誉，更没有现在流行的广告式的语言，最多只是"可见用功很勤"，"表现作者运用史料的能力和历史的观点都前进了"，还有文尾处那句"我祝愿他多方面的才能都能得到发挥"。可是语言有时却奇特无比,别看这几句寻常话语,现在只要再读,必定叫我一下子找回昨日那种默默又深深的感动……

韦君宜并不仅仅是伸手把我拉上文学之路。此后"伤痕文学"崛起时,我那部中篇小说《铺花的歧路》的书稿在人民文学出版社内部引起争议。当时"文革"尚未在政治上被全面否定,我这部彻底揭示"文革"的书稿便很难通过。一九七八年冬天在和平宾馆召开的"中篇小说座谈会"上,韦君宜有意安排我在茅盾先生在场时讲述这部小说,赢得了茅公的支持。于是,阻碍被扫除,我便被推入了"伤痕文学"激荡的洪流中……

此后许多年里,我与她很少见面。以前没有私人交往,后来也没有。但每当想起那段写作生涯,那种美好的感觉依然如初。我与她的联系方式却只是新年时寄一张贺卡,每有新书便寄一册,看上去更像学生对老师的一种含着谢意的汇报。她也不回信,我只是能够一本本收到她所有的新作。然而我非但不会觉得这种交流过于疏淡,反而很喜欢这种绵长与含蓄的方式——一切尽在不言之中。人间的情感无须营造,存在的方式各不相同。灼热的激发未必能够持久,疏淡的方式往往使醇厚的内涵更加意味无穷。

大前年秋天,王蒙打来电话说,首都文坛的一些朋友想为老太太聚会祝寿。但韦君宜本人因病住院,不能来了。王蒙说他知道韦君宜曾经厚待于我,便通知我。王蒙也是个怀旧的人。我好像受到某种触动,忽然激动起来,在电话里大声说,是呀、是呀,一口气说出许多往事。王蒙则用他惯常的玩笑话认真地说:

"你是不是写几句话传过来,表个态,我替你宣读。"我便立即写了一些话用传真传给王蒙。于是我第一次直露地把我对她的感情写出来,我满以为老太太总该明白我这份情意了。但事后我知道老太太由于几次脑血管病发作,头脑已经不十分清楚了。瞧瞧,等到我想对她直接表达的时候,事情又起了变化,依然是无法沟通!但转念又想,人生的事,说明白也好,不说明白也好,只要真真切切地在心里就好。

尽管老太太走了,这些情景却仍然——并永远地真真切切保存在我心里。人的一生中,能如此珍藏在心里的故人故事能有多少?于是我忽然发现,回忆不是痛苦的,而是寂寥人间一种暖意的安慰。

1998 年 4 月 7 日

刷子李

　　码头上的人，全是硬碰硬。手艺人靠的是手，手上就必得有绝活。有绝活的，吃荤，亮堂，站在大街中央；没能耐的，吃素，发蔫，靠边待着。这一套可不是谁家定的，它地地道道是码头上的一种活法。自来唱大戏的，都讲究闯天津码头。天津人迷戏也懂戏，眼刁耳尖，褒贬分明。戏唱得好，下边叫好捧场，像见到皇上，不少名角便打天津唱红唱紫、大红大紫；可要是稀松平常，要哪儿没哪儿，戏唱砸了，下边一准起哄喝倒彩，弄不好茶碗扔上去，茶叶末子沾满戏袍和胡须上。天下看戏，哪儿也没天津倒好叫得厉害。您别说不好，这一来也就练出不少能人来。各行各业，全有几个本领齐天的活神仙，刻砖刘、泥人张、风筝魏、机器王、刷子李等等。天津人好把这种人的姓，和他们拿手擅长的行当连在一起称呼。叫长了，名字反没人知道。只有这一个绰号，在码头上响当当和当当响。

　　刷子李是河北大街一家营造厂的师傅，专干粉刷一行，别的不干。他要是给您刷好一间屋子，屋里任吗甭放，单坐着，就赛升天一般美。最让人叫绝的是，他刷浆时必穿一身黑，干完活，身上绝没有一个白点。别不信！他还给自己立下一个规矩，只要身上有白点，白刷不要钱。倘若没这本事，他不早饿成干儿了？

但这是传说，人信也不会全信。行外的没见过的不信，行内的生气愣说不信。

一年的一天，刷子李收了个徒弟叫曹小三。当徒弟的开头都是端茶、点烟，跟在屁股后边提东西。曹小三当然早就听说过师傅那手绝活，一直半信半疑，这回非要亲眼瞧瞧不可。

那天，头一次跟师傅出去干活，到英租界镇南道给李善人新造的洋房刷浆。到了那儿，刷子李跟管事的人一谈，才知道师傅派头十足。照他的规矩一天只刷一间屋子。这洋楼大小九间屋，得刷九天。干活前，他把随身带的一个四四方方的小包袱打开，果然一身黑衣黑裤，一双黑布鞋。穿上这身黑，就赛跟地上一桶白浆较上了劲。

一间屋子，一个屋顶四面墙，先刷屋顶后刷墙。顶子尤其难刷，蘸了稀溜溜粉浆的板刷往上一举，谁能一滴不掉？一掉准掉在身上。可刷子李一举刷子，就赛没有蘸浆。但刷子划过屋顶，立时匀匀实实一道白，白得透亮，白得清爽。有人说这蘸浆的手法有高招，有人说这调浆的配料有秘方。曹小三哪里看得出来？只见师傅的手臂悠然摆来，悠然摆去，好赛伴着鼓点，和着琴音，每一摆刷，那长长的带浆的毛刷便在墙面啪地清脆一响，极是好听。啪啪声里，一道道浆，衔接得天衣无缝，刷过去的墙面，真好比平平整整打开一面雪白的屏障。可是曹小三最关心的还是刷子李身上到底有没有白点？

刷子李干活还有个规矩。每刷完一面墙，必得在凳子上坐一大会儿，抽一袋烟，喝一碗茶，再刷下一面墙。此刻，曹小三借着给师傅倒水点烟的机会，拿目光仔细搜索刷子李的全身。每一面墙刷完，他搜索一遍。居然连一个芝麻大小的粉点也没发现。他真觉得这身黑色的衣服有种神圣不可侵犯的威严。

可是，当刷子李刷完最后一面墙，坐下来，曹小三给他点烟时，竟然瞧见刷子李裤子上出现一个白点，黄豆大小。黑中白，比白中黑更扎眼。完了！师傅露馅了，他不是神仙，往日传说中那如山般的形象轰然倒去。但他怕师父难堪，不敢说，也不敢看，可忍不住还要扫一眼。

这时候，刷子李忽然朝他说话：

"小三，你瞧见我裤子上的白点了吧。你以为师傅的能耐有假，名气有诈，是吧？傻小子，你再细瞧瞧吧——"

说着，刷子李手指捏着裤子轻轻往上一提，那白点即刻没了，再一松手，白点又出现，奇了！他凑上脸用神再瞧，那白点原是一个小洞！刚才抽烟时不小心烧的。里边的白衬裤打小洞透出来，看上去就跟粉浆落上去的白点一模一样！

刷子李看着曹小三发怔发傻的模样，笑道：

"你以为人家的名气全是虚的？那你是在骗自己。好好学本事吧！"

曹小三学徒头一天，见到听到学到的，恐怕别人一辈子也未准明白呢！

1999 年 12 月

留得清气满乾坤

忽闻孙犁先生辞世,一阵痛惜过后,却产生一种异样的感觉。静下心想,心中无声地冒出王冕那题画诗中最后的两句:不要人夸颜色好,只留清气满乾坤。

在我热爱继而从事文学的几十年里,不断地读到孙犁先生的作品。先是他那种风格独具的小说,他的乡土情感与真诚的人民性,那种风格一如白洋淀里的水光荷影,明亮透彻;后来便是他的散文随笔,亦是清纯,其练达的文字,尤具古典文学的功力,仿佛荷叶上的颗颗露珠,晶莹闪烁。孙犁先生在中国当代文学史上自然居位甚高。那么,他身后给我们留下的,除去作品本身,还有什么呢?

我想,是他为人为文一种明澈的个性,一种纯净的境界,一个唯其独有的审美空间。

我至今还记得他在鞍山道那两间老式平房,一排书柜从中隔开,外边待客,里边起居。房子几乎没有什么装饰。方桌上一个圆圆的水仙盆,用清水养着十来枚各色的雨花石。那清澈而沉静的水与石头上不变的花纹,便是他个性的象征。记得他每收到外边寄来的刊物,则用裁刀在一边整齐裁开。取出刊物后,收起空信封,以便反过来再用。他的勤俭是认真的。做事如做人一丝不苟。

他不爱热闹,自然更不善应酬,与人谈话时也是说得少。现在只记得他一些关于沈复和李后主的谈话,那恐怕还和我偏爱这二位文人有关。他很少谈外国作家。当时我想,可能是"文革"才过不久,老人们心有余悸,尤慎于言吧!然而他在"文革"中从不苟合时污,不迎合权势,这在那个充斥着政治淫威的时代是极难做到的。由此看,不正是一种坚硬的骨气支持他这个外表儒弱的知识分子周身不染地度过了那风雨十年吗?

他不喜欢世俗的纷争与打扰,他甚至更喜欢寂寞一些,逢事必退避三舍。但是他又不会对社会的症结视而不见,往往忽出一纸言辞犀利的檄文。他既出世又入世,前者出于他的天性,后者出于他的社会良心。而其前者应视作为人高洁,不落俗;其后者则是他思想原则上的黑白分明,刚正不阿。

孙犁先生的美学是讲究距离感的。即便是他写那些抗战时代的小说,对自己十分投入的生活,也保持审美的距离。审美距离的最终成果是审美的升华,这也是他那些名篇今天还很迷人的关键。同时,距离使他冷静,深入,不被激情误导,所以孙犁的作品不煽情,不造势,不媚俗,看似很淡实际很深。他用生活本质的情感与美征服人。他如此自信的写作,来源于他为人为文的真实、透彻与纯粹。为了这种纯粹,他甘于寂寞。孙犁的寂寞才是彻底的、不打折扣的、真正的寂寞。他只要文学之内的东西,不要文学之外的任何东西。他终生守住自己的个性,也守住了自己的文学。

他给文坛留下的既是一种风格，更是一种性格。把这种风格与性格合在一起，便是孙犁的文学空间。孙犁是当代文坛特立独行的"唯一"。他是不可模仿也无法模仿的，这便是他至高的价值。也许我们的理论界过于钟情于种种舶来的新潮，对孙犁的空间还远远没有开掘。而且，在市场化的今天，在充满世故与故事的文坛艺坛中，孙犁这种为人为文的存在，使我们觉得清气犹在，呼吸起来，沁人心脾。

然而，此刻我还是有一种伤感。

记得十多年前，我陪方纪先生去看望孙犁。此后我还写过一篇《爱在文章外》的文章，记下他们年轻人般无瑕的情谊。那一次以及后来的一幕幕都在眼前……还有在梁斌家看梁老一任天真地作画，在方纪家看方老用左手执着地写字。但这一切都已过往不复，成为历史。他们各自的那间书房于今安在哉？

文学的一代先贤去了，历史的巨手把一个文学时代一下子翻了过去。这一代人中有多少昔日的才俊与文豪，都已化为一片虚幻，宛如远去的帆影。站在历史的面前，我们深深感到无奈与茫然。谁也无法把过去的时光拉回来。

但历史也不会空空而去。孙犁的一代不是把美好的有特殊意义的东西留给了我们？

我们因他们而骄傲。我们会珍惜他们留下的一切的。

2002 年 7 月 11 日

送谢晋

　　我曾对一向生龙活虎的谢晋说:"你能活到二十二世纪。"但他辜负了我的祝愿,今天断然而去,只留下朋友们对他深切的痛惜与怀念,以及一片浩阔的空茫。

　　前不久,台湾导演李行来访,谈到夏天里谢晋在台北摔伤,流了许多血,"当时的样子很可怕,把我们都吓坏了",跟着又谈到谢晋老年丧子。我说老谢曾经特意把他儿子谢衍的处女作《女儿红》剧本寄给我,嘱我"非看不可"。李行说谢晋对谢衍这条根脉很在乎,丧子之痛会伤及他的身体。这时我忽然感到老谢今年有点流年不利,心想今年若去南方,要设法绕道去上海看看他。但现在这一切都只是过往的一些毫无意义的念头了。

　　太熟太熟的一位朋友了。自二十世纪八十年代以来在政协、文联以及大大小小各种会议和活动中,无论是会场上相逢,还是在走廊或人群中打个照面,都会有种亲切感掠心而过。老谢是个亲和、简单、没有距离感的人。在我的印象中,他几十年说的话似乎只有三个内容:剧本,演员,为电影的现状焦急。他脑袋里再放不进去别的东西。如果你想谈别的——那你只好去自言自语，他听似没听进去；但只要你停下来，他立即开始大谈他的剧本和演员，或者针对电影业种种弊端发火。他发火时根本不管有谁在座。这时的老谢直率得可爱。他认为他在为电影说话，不用顾及谁爱听或不爱听。他从不谈自己，他的心里似乎没有自己。他口中总是挂着斯琴高娃、姜文、陈道明、潘虹、刘晓庆、宋丹丹和第五代导演中那些出色的电影精英。他眼里全是别人的优点，能欣赏别人的优点是快乐的。还听得出来，他为拥有这些精英的中国电影而骄傲。

在此之外的老谢一刻不停地忙忙碌碌，找演员、搭班子、谈经费、来去匆匆看外景。难得一见的是他在某个会议餐厅的一角，面前摆着从自助餐的菜台拣的一碟子爱吃的菜，还戳着一瓶老酒，临时拉不到酒友就一人独酌。这便是老谢最奢侈也是最质朴的人生享受了。他说全凭着酒，才能在野战军般南征北战的拍片生涯中落下一副好身骨。他说，这琼浆玉液使得他血脉流畅，充满活力。七八年前我和他在蓟县选外景时，他不小心被什么绊了一跤，摔得很重，吓坏了同行的人，老谢却像一匹壮健的马，一跃而起，满脸憨笑，没受一点伤。那年他78岁。

天生的好身体是他天性好强的本钱。他好穿球鞋和牛仔裤，喜欢独来独往，不喜欢陪伴，一位标准的职业电影人。虽然他穿上西服挺漂亮，但他认为西服是"自由之敌"。他从不关心全国文联副主席和政协常委算什么级别，也不靠着这些头衔营生；他只关心他拍出的电影的分量。一次，一位朋友问他是不是不喜欢炒作自己。他说他相信真正的艺术评价来自口碑，也就是口口相传。因为对于艺术，人们只有被感动并由衷认可才会告知他人。

这样的艺术家，活得平和、单纯而实在。那些年，年年政协会议期间文艺界的好朋友们都要到韩美林家热热闹闹地聚会一次。吴雁泽唱歌，陈钢弹曲，白淑湘和冯英跳舞，张贤亮吹牛，姜昆不断地用"现挂"撩起笑声。唯有老谢很少言语，从头到尾手端着酒杯，宽厚地笑着，享受着朋友们的欢乐。这时，他会用他很厚很热的手抓着我的手使劲地攥一下，无声地表达一种情意。最多说上一句："你这家伙不给我写剧本。"

他心里想的、嘴里说的还是电影！

我的确欠他一笔债。二十世纪九十年代初他跑到天津要我为他写一部关于足球的电影。他说当年他拍了《女篮5号》之后，主管体育的贺龙元帅希望他再拍一部关于足球的影片。他说他欠贺老总一部片子。他这个情结很深。我笑着说，如果我写足球就从一个教练的上台写到他下台——足球怪圈的一个链环。他问我"戏"（影片）怎么开头。我说以一场大赛的惨败导致数万球迷闹事、火烧看台，迫使老教练下台和新教练上台——"好戏就开始了"。他听了眼睛冒光，直逼着我往下追问："教练上台的第一个细节是什么？"我想一想说："新教练走进办公室，一拉抽屉，里边一条上吊的绳子。这是球迷送给老教练的，现在老教练把这根上吊的绳子留给了他。"当时老谢使劲一拍我肩膀说："咱们合作。"在紧接着的亚运会期间，我和老谢一同坐在看台上看中国与泰国的足球赛，想找一点灵感。但那天中国队输了球，0比2，很惨。赛后，我和老谢去找教练高丰文想问个究竟，请高丰文一定说实话，到底输在哪里。没料到高丰文说："还得承认人有个能力的问题。"

这句话给我很大的刺激，使我一下子抓不到电影的魂了。此后尽管老谢一个劲地催我写，但他也抓不住这部电影的魂了。合作就这样搁置。之后几年里,老谢一直埋怨我不肯为他出力,直到他看中我的一部中篇小说《石头说话》,才算有了"转机"。我对他说:"第一,我把这部小说送给你,不要原作版权;第二,我免费为你改写剧本。但欠你的那笔'足球债'得给我销账了。"我嘴上说是"还债",心里却是想支持他。因为此时的谢晋拍电影已经相当困难。

谢晋无疑是中国当代电影史上一位卓越的创造者。二十世纪后半个世纪,电影在中国是最大众化的艺术。谢晋是这中间的一个奇迹。从《女篮5号》《舞台姐妹》到《天云山传奇》《牧马人》《芙蓉镇》《鸦片战争》,他每一部作品都给千家万户带来巨大的艺术震撼。可以说从他的电影创作中可以清晰地找到当代电影史的脉络。谢晋的电影美学是典型的现实主义。他注重时代的主题,长于正剧,致力于以强烈的戏剧冲突有声有色地推动故事。他善于调动观众的情感参与,尽可能面对最广大的受众。个性而丰满的人物是他的至上追求。不管电影怎么发展,电影的观念和技术怎么更新,历史是已经被认定的现实,谢晋是那个时代耀眼的骄子。他是在当代电影史上写过光辉一页的大师。

然而,从历史的站头下车的人是落寞又尴尬的。晚年的老谢,走出电影创作的中心,但他不改好强的本性,为了筹资和找选题四处奔波。他曾给我寄来《拉贝日记》,还想叫我去法国寻觅冼星海遗落在那里的一段美丽的爱情往事。这期间,我的那个一直未上马的《石头说话》,几次燃起希望随后又石沉大海。相信还有别人与老谢也有同样的交往。我不求那个电影拍成,只望他有事可做。一位友人对我说:"老谢简直是挣扎了。他应该学会放弃,因为他的时代已经过去了。电影已经从文学化走向视觉化，他那种故事没人看了。"

我说："你不懂老谢。电影是他的生命，他活一天，就得活在电影中。他最佩服黑泽明，因为黑泽明是死在拍摄现场的。他说他也会这样。"

今天，老谢终于完成了他这个可怕又浪漫的理想。听说他正要去杭州为他的《大人家》筹款呢。

一个把事业做到生命尽头的工作狂，一个用生命祭奠艺术的艺术家。他用一生诠释了艺术家真正的定义。艺术家就是要把全部生命放在艺术里，而不是还留一些放在艺术外边。

原本开笔写此文之时，心中一片哀伤，隐隐发冷。然而，写到这里，已经浑身火辣辣地充满激情。这好，我愿用这样的文章结尾送一送老谢。

2008 年 10 月 18 日

辑三

水墨文字

我心中的文学

真正的文学和真正的恋爱一样,是在痛苦中追求幸福。

一

有人说我是文学的幸运儿,有人说我是福将,有人说我时运极佳,说话的朋友们,自然还另有潜台词。

我却相信,谁曾是生活的不幸者,谁就有条件成为文学的幸运儿;谁让生活的祸水一遍遍地洗过,谁就有可能成为看上去亮光光的福将。当生活把你肆意掠夺一番之后,才会把文学馈赠给你。文学是生活的苦果,哪怕这果子带着甜滋滋的味。

我是在"十年动乱"中成长起来的。生活是严肃的,它没戏弄我。因为没有坎坷的生活的路,没有磨难,没有牺牲,也就没有真正有力、有发现、有价值的文学。相反,我时常怨怪生活对我过于厚爱和宽恕,如果它把我推向更深的底层,我可能会找到更深刻的生活真谛。在享乐与受苦中间,真正有志于文学的人,必定是心甘情愿地选定后者。

因此，我又承认自己是幸运的。

这场"大动乱"和大变革，使社会由平面变成立体，由单一变成纷纭，在龟裂的表层中透出底色。底色往往是本色。江河湖海只有在波掀浪涌时才显出潜在的一切。凡经历这巨变又大彻大悟的人，必定能得到无比珍贵的精神财富。因为教训的价值并不低于成功的经验。我从这中间，学到了太平盛世一百年也未必能学到的东西。所以当我们拿起笔来，无须自作多情，装腔作势，为赋新诗强说愁。内心充实而饱满，要的只是简洁又准确的语言。我们似乎只消把耳闻目见如实说出，就比最富有想象力的古代作家虚构出来的还要动人心魄。而首先，我获得的是庄严的社会责任感，并发现我所能用以尽责的是纸和笔。我把这责任注入笔管，笔的分量就重了；如果我再把这笔管里的一切倾泻在纸上——那就是我希望的、我追求的、我心中的文学。

生活一刻不停地变化。文学追踪着它。

思想与生活，犹如托尔斯泰所说的从山坡上疾驰而下的马车，说不清是马拉着车，还是车推着马。作家需要伸出所有探索的触角和感受的触须，永远探入生活深处，与同时代的人一同苦苦思求通往理想中幸福的明天之路。如果不这样做，高尚的文学就不复存在了。

文学是一种使命，也是一种又苦又甜的终身劳役。无怪乎常有人骂我傻瓜。不错，是傻瓜！这世上多半的事情，就是各种各样的傻子和呆子来做的。

二

　　文学的追求，是作家对于人生的追求。

　　寥廓的人生有如茫茫的大漠，没有道路，更无向导，只在心里装着一个美好、遥远却看不见的目标。怎么走？不知道。在这漫长又艰辛的跋涉中，有时会由于不辨方位而困惑；有时会由于孤单而犹豫不前；有时自信心填满胸膛，气壮如牛；有时用拳头狠凿自己空空的脑袋。无论兴奋、自足、骄傲，还是灰心、自卑、后悔，都曾占据心头。情绪仿佛气候，时暖时寒；心境好像天空，时明时暗。这是信念与意志中薄弱的部分搏斗。人生的每一步都是在克服外界困难的同时，又在克服自我的障碍，才能向前跨出去。社会的前途大家共同奋斗，个人的道路还得自己一点点开拓。一边开拓，一边行走，至死也不知道自己走了多远。真正的人都是用自己的事业来追求人生价值的，作家还要直接去探索这价值的含义。

　　文学的追求，也是作家对于艺术的追求。

　　在艺术的荒原上，同样要经历找寻路途的辛苦。所有前人走过的道路，都是身后之路。只有在玩玩乐乐的旅游胜地，才有早已准备停当的轻车熟路。严肃的作家要为自己的生活发现、创造适用的表达方式。严格地说，每一种方式，只适合它特定的表达内容；另一种内容，还需要再去探索另一种新的方式。

　　文学不允许雷同，无论与别人，还是与自己。作家连一句用过的精彩的格言都不能在笔下重现，否则就有抄袭自己之嫌。

然而，超过别人不易，超过自己更难。一个作家凭仗个人独特的生活经历、感受、发现以及美学见解，可以超过别人，这超过实际上也是一种区别。但他一旦亮出自己的面貌，若要再来区别自己，换上一副嘴脸，就难上加难。因此，大多数作家的成名作，便是他创作的巅峰，如果要超越这巅峰，就像使自己站在自己肩膀上一样。有人设法变换艺术形式，有人忙于充填生活内容。但是单靠艺术翻新，最后只能使作品变成轻飘飘又炫目的躯壳。急于从生活中捧取产儿，又非今夕明朝就能获得。艺术是个斜坡，中间站不住，不是爬上去就是滑下来。每个作家都要经历创作的苦闷期。有的从苦闷中走出来，有的在苦闷中垮下去。任何事物都有局限，局限之外是极限，人力只能达到极限。反正迟早有一天，我必定会黔驴技穷，蚕老烛尽，只好自己模仿自己，读者就会对我大叫一声："老冯，你到此为止啦！"就像俄罗斯那句谚语："老狗玩不了新花样！"文坛的更迭就像大自然的淘汰一样无情，于是我整个身躯便画出一条不大美妙的抛物线，给文坛抛出来。这并没关系，只要我曾在那里边留下一点点什么，就知足了。

活着，却没白白地活着，这便是人生最大的幸福和安慰。同时，如果我以一生的努力都未给文学添上什么新东西，那将是我毕生最大的憾事！

我会说我：一个笨蛋！

三

一个作家应当具备哪些素质?

想象力、发现力、感受力、洞察力、捕捉力、判断力,活跃的形象思维和严谨的逻辑思维;尽可能庞杂的生活知识和尽可能全面的艺术素养;要巧、要拙、要灵、要韧,要对大千世界充满好奇心,要对千形万态事物所独具的细节异常敏感,要对形形色色人的音容笑貌、举止动念,抓得又牢又准;还要对这一切,最磅礴和最细微的,有形和无形的,运动和静止的,清晰繁杂和朦胧一团的,都能准确地表达出来。笔头有如湘绣艺人的针尖,布局有如拿破仑摆阵,手中仿佛真有魔法,把所有无生命的东西勾勒得活灵活现。还要感觉灵敏,情感饱满,境界丰富。作家内心是个小舞台,社会舞台的小模型,生活的一切经过艺术的浓缩,都在这里重演,而且它还要不断变换人物、场景、气氛和情趣。作家的能力最高表现为,在这之上,创造出崭新的、富有典型意义和审美价值的人物。

我具备这其中多少素质?缺多少不知道,知道也没用。先天匮乏,后天无补。然而在文学艺术中,短处可以变化为长处,缺陷是造成某种风格的必备条件。左手书家的字,患眼疾画家的画,哑嗓子的歌手所唱的沙哑而迷人的歌,就像残月如弓的美色不能为满月所替代。不少缺乏鸿篇巨制结构能力的作家,成了机巧精致的短篇大师。没有一个条件齐全的作家,却有各具优长的艺术。作家还要有种能耐,即认识自己,扬长避短,发挥优势,使自己的气质成为艺术的特色,在成就了艺术的同时，也成就了自己。

　　认识自己并不比认识世界容易。作家可以把世人看得一清二楚，对自己往往糊糊涂涂，并不清醒。我写了各种各样的作品，至今不知哪一种属于我自己。有的偏于哲理，有的侧重抒情，有的伤感，有的戏谑，我竟觉得都是自己——伤感才是我的气质？快乐才是我的化身？我是深思还是即兴的？我怎么忽而古代忽而现代？忽而异国情调忽而乡土风味？我好比瞎子摸象，这一下摸到坚实粗壮的腿，另一下摸到又大又软的耳朵，再一下摸到无比锋利的牙。哪个都像我，哪个又都不是。有人问我风格，我笑着说，这不是我关心的事。我全力要做的，是把自己的一切奉献给读者。风格不仅仅是作品的外貌，它是复杂又和谐的一个整体。它像一个人，清清楚楚、实实在在地存在，又难以明明白白说出来。除去描写到的许许多多生命，作家的作品中还有一个生命，就是作家自己。风格是作家的气质，是活脱脱的生命的气息，是可以感觉到的一个独个的灵魂及其特有的美。

　　于是，作家就把他的生命化为一本本书。到了他生命完结那天，他所写的这些跳动着心、流动着情感、燃烧着爱情和散发着他独特气质的书，仍像作家本人一样留在世上。如果作家留下的不是自己，不是他真切感受到的生活，不是创造而是仿造，那自然要为后世甚至现世所废弃了。

　　作家要肯把自己交给读者。写的就是想的，不怕自己的将来可能反对自己的现在。拿起笔来的心情有如虔诚的圣徒，圣洁又坦率。思想的法则是纯正，内容的法则是真实，艺术的法则是美。不以文章完善自己，宁愿否定和推翻自己而完善艺术。作家批判世界需要勇气，批判自己需要更大的勇气。读者希望在作品中看到真实却不一定完美的人物,也愿意看到真切却可能是自相矛盾的作家。在舍弃自己的一切之后,文学便油然诞生,就像太阳燃烧自己时才放出光明。

如果作家把自己化为作品,作品上的署名,便像身上的肚脐那样,可有可无,完全没用,只不过在习惯中,没有这姓名就不算一个齐全的整体罢了——这是句笑话。我是说,作家不需要在文学之外再享有什么了。这便是我心中的文学!

1984 年 1 月

小说的眼睛

绘画有眼，小说呢？

在我痴迷于绘画的少年时代，有一次老师约我们去他家画模特。走进屋才知道，模特是一位清瘦孱弱的老人。我们立即被他满身所显现出的皱纹迷住了。这皱纹又密又深，非常动人。我们急忙找好各自的角度支起画板，有的想抓住这个模特浓缩得干巴巴的轮廓，有的想立即准确地画出老人皮肤上条条清晰的皱纹，有的则被他干枯苍劲、骨节突出的双手所吸引。面对这迷人的景象，我握笔的手也有些颤抖了。

我们的老师———一位理解力高于表现力因而不大出名的画家叫道：

"别急于动笔！你们先仔细看看他的眼睛，直到从里边看出什么来再画！"

我们都停了下来，用力把瞬间涌起的盲目的冲动压下去，开始注意这老人的眼睛。这是一双在普通老人脸上常见的、枯干的、褪尽光泽的眼睛。何以如此？也许是长年风吹日晒、眼泪流干、精力耗尽的缘故。然而我再仔细观察，这灰蒙蒙的眼睛并不空洞，里面有一种镇定沉着的东西，好像大雾里隐约看见的山，跟着愈看愈具体：深谷、巨石、挺劲的树……这眼里分明有一种与命运抗衡的个性，以及不可摧折的刚毅素质。我感到生活曾给予这老人许多辛酸苦辣，却能被他强有力的性格融化。他那属于这生命特有的冷峻的光芒，不正是从这双淡灰色的眸子里缓缓放射出来的吗？

顿时，这老人身上的一切都发生了奇妙的变化。他皮肤上的皱纹，不再是一位老人那种被时光所干缩的皱纹，而是命运之神用凿子凿上去的。每条皱纹里都藏着曲折坎坷而又不肯诉说的故事。在他风烛残年、弱不禁风的躯体里，包裹着的绝不是一颗衰老无力的心脏，而是饱经捶打、不会弯曲的骨架。当我再一次涌起绘画冲动时，就不再盲目而空泛，而是具体又充实了。我觉得，这老人满身的线条都因他这眼神而改变，我每一笔画上去，连笔触的感觉都不一样了。笔笔都像听他这眼神指挥似的，眨眼间全然一变。

人的眼睛仿佛汇集着人身上的一切，包括外在和内在的。你只要牢牢盯住这眼睛，就甚至可以找到它隐忍不言的话，或是藏在谎言后面的真情。一个人的气质、经验、经历、智能，也能凝聚在这里面，而又有意无意地流露出来。因此，作家、医生、侦探都留意人的眼睛。从此，我再画模特，总要先把他的眼睛看清楚，看清了，我就找到了打开模特之门的钥匙。

绘画有眼，诗有"诗眼"，戏有"戏眼"。小说呢？是否也有一只聚积着作品的全部精神，并可从中窥见整个艺术堂奥的眼睛呢？

小说的眼睛大有点石成金之妙

在短篇小说中，其眼睛有时是一个情节。比如邓友梅的《寻访"画儿韩"》。"画儿韩"邀来古董行的朋友，当众把骗他上当的"假画"泼酒烧掉，这恐怕是小说一连串戏剧性冲突中最惊心动魄的一幕。邓友梅把小说里的情节全都归结于此。这是小说的悬念，也是作品情节的真正开始。这个情节就是这篇小说的眼睛。而这之后故事的发展，都是由这个情节"逼"出来的。读罢小说，不能不再回味"烧假画"这个情节，由此，对作品的内涵和人物的性灵，也会理解得更为深刻了。

再有便是普希金的《射击》和蒲松龄的《鸽异》。前一篇是普希金为数不多的短篇小说中最有故事情节性的。其中最令人惊诧的情节，是受屈辱的神枪手挑选在对手度蜜月的时刻去复仇。在那个获得了人间幸福的对手的哀求下，他把子弹打进了墙上的枪洞里。后一篇《鸽异》是个令人沉思的故事。养鸽成癖的张公子好不容易获得两只奇异的小白鸽。后来，他又将这对珍爱的小白鸽赠送给高官某公，以为这样珍贵的礼物才与某公的地位相称。不料无知的某公并不识货，把神鸽当佳肴下了酒。这个某公吃掉神鸽的情节，就是小说的眼睛。它与前一篇中神枪手故意把子弹射进墙上的枪洞的那个情节一样，都给读者留下余味，引起读者无穷的联想。

这三篇都以精彩情节为眼睛的小说，却又把不同的眼睛安在不同的地方：邓友梅把眼睛安在中间，普希金和蒲松龄则把眼睛安在结尾。把眼睛安在中间的，使故事在发展中突然异向变化；

而把眼睛安在结尾的,则是以情节建构小说的惯技。这样的小说,大多是作家先有一个巧妙的结尾,并把全篇的"劲儿"都捺在这里,再为结尾设置全篇,包括设置开头。

眼睛不管放在哪里,作为小说眼睛的情节,都必须是特殊的、绝妙的、新颖的、独创的。因为整个故事的所有零件,都将精巧地扣在这一点上,所有情节都是为它铺垫,为它安排,为它取舍。这才是小说眼睛的作用。如果去掉这只眼睛,小说也就不复存在了。如果换一只眼睛,便是假眼,成为一个无精神、无光彩、无表情的玻璃球,小说也成了盲人一样。

另一种是把细节当作小说的眼睛,这也是常见的。莫泊桑的《项链》中的假项链,欧·亨利的《最后的藤叶》中的画在树上的藤叶,杰克·伦敦的《一块排骨》中所缺少而又不可缺少的那块排骨,都是很好的例子。再如在契诃夫的《哀伤》中,老头用雪橇送他的老伴到县城医院去治病,在纷纷扬扬的大雪里,他怀着内疚的心情自言自语诉说着自己如何对不起可怜的老伴,发誓要在她治好病后,再真正地爱一爱自己一生中唯一的伴侣,然而他发现,落在老伴脸上的雪花不再融化——老伴已经死了!这是一个多么令人战栗的细节!于是,他一路的内疚、忏悔和誓言,都随着这一细节化成一片空茫茫的境界。一个冰冷的浪头,有力地拍打在你的心头上。

试想,如果拿掉雪花落在老太婆脸上不再融化这一细节,这篇小说是否还如此强烈地打动你?这细节起的是点石成金的作用!

因此,这里所说的细节,不是一般含义上的细节,哪怕是非常生动的细节。好小说几乎都有一些生动的细节(譬如《孔乙己》中曲尺形的柜台、茴香豆、写着欠酒债人姓名的粉板,等等)。但是,当作眼睛的细节,是用来结构全篇小说的。就像《项链》中那条使主人公为了一点空幻的虚荣而茹苦含辛十年的假项链,它绝不是人物身上可有可无的附加物,而应该是必不可少的。莫泊桑在这篇作品中深藏的思想、人物不幸的命运与复杂的内心活动,都是靠这条假项链揭示出来的。这样的细节会使一篇作品成为精品。只有短篇小说才能这样结构,也只有这样的结构,才具有短篇小说的特色。

当然,在生活中这样的细节是可遇而不可求的,但如果作者不善于像蚌中取珠那样提取这样的细节,以高明的艺术功力结构小说,那么,即使有了这样珍贵的细节,恐怕也会从眼前流失掉。就像收音机没有这个波段,便把许多优美旋律的电波无声无息地放掉了。

各种各样的小说眼睛

我曾经找到过一篇小说的眼睛,就是《高女人和她的矮丈夫》中的伞。

我在一次去北京的火车上遇到一对夫妻,由于女人比男人高出一头,受到车上人们的窃笑。但这对夫妻看上去却有种融融气息,使我骤然心动,产生了创作欲。以后一年间,我的眼前不断浮现起这对高矮夫妻由于违反习惯而有点怪异的形象,断断续续为他们联想到许多情节片段,有的情节和细节想象得还使我自己也感动起来。但我没有动笔,我好像还没有找到能凝集起全篇思想与情感的眼睛。

后来，我偶然碰到了——那是个下雨天，我和妻子出门。我个子高，自然由我来打伞。在淋淋的春雨里，在笼罩着我们两人的这个遮雨的伞下边，我陡然激动起来。我找到它了，伞！一柄把两人紧紧保护起来的伞！有了这伞，我几乎是一瞬间就轻而易举地把全篇故事想好了。我一时高兴得把伞塞给妻子，跑回去马上就写。

我是这样写的：高矮夫妻在一起时，总是高个子女人打伞更方便些。往后高女人有了孩子，逢到日晒雨淋的天气，打伞的差事就归矮丈夫了。但他必须把伞半举起来，才能给高女人遮雨。经过一连串令人心酸的悲剧过程，高女人死了，矮丈夫再出门打伞还是习惯地半举着，人们奇妙地发现，伞下有长长一条空间，空空的，世界上任何东西也补不上……

关于这伞，更重要的是伞下的空间。

我想，这伞下的空间里藏着多少苦闷、辛酸与甜蜜？它让周围的人们渐渐发现世界上最珍贵的东西——纯洁与真诚就在这里。这在斜风细雨中孤单单的伞，呼唤着不幸的高女人，也呼唤着人们以美好的情感去填补它下面的空间。

我以为，有的小说要造成一种意境。

比如王蒙的《海的梦》，写的就是一种意境。意境也是一种眼睛，恐怕还是最感人的一种眼睛。

也许我从事过绘画，我喜欢使读者能够在小说中看见一个画面，就像这雨中的伞。

有时一个画面，或者一个可视的形象，也会是小说的眼睛。比如用衣帽紧紧包裹自己的"伞中人"（契诃夫《装在套子里的人》），比如拿梳子给美丽的豹子梳理毛发的画面（巴尔扎克《沙漠里的爱情》)。

作家把小说中最迷人、最浓烈、最突出的东西都给了这画面，使读者心里深深刻下一个可视的形象，即使故事记不全，形象也忘不掉。

我再要谈的是：一句话，或者小说中人物的一句话，也可以成为小说的眼睛。

《爱情故事》几次在关键时刻重复一句话："爱，就是从来不说对不起的。"这句话，能够一下子把两个主人公之间特有的感情提炼出来，不必多费笔墨再做任何渲染。这篇小说给读者展现的悲剧结局并不独特，但读者会给这句独特的话撞击出同情的热泪。

既然有丰富复杂的生活，有全然不同的人物和故事，有手法各异的小说，就有各种各样的眼睛。这种用一句话作为眼睛的小说名篇就很多，譬如冈察尔的《永不掉队》、都德的《最后一课》等。这里不一一赘述。

年轻的习作者们往往只想编出一个生动的故事来，而不能把故事升华为一件艺术品，原因是缺乏艺术构思。小说的艺术，正体现在虚构（即由无到有）的过程中。正像一个雕塑家画草图时那样：他怎样剪裁，怎样取舍，怎样经营；哪里放纵，哪里夸张，哪里含蓄；怎样布置刚柔、曲直、轻重、疏密、虚实、整碎、争让、巧拙等艺术变化；给人怎样一种感受、刺激、情调、感染、冲击、渗透、美感等等，都是在这时候考虑的。没有独到、高明、自觉的艺术处理，很难使作品成为一种真正的艺术佳作。小说的构思应当是艺术构思，而不是什么别的构思。在艺术宝库里，一件非艺术品是不容易保存的。

结构是小说全部艺术构思中重要而有形的骨架。不管这骨架多么奇特繁复，它中间都有一个各种力量交叉的中心环节，就像爆破一座桥要找那个关键部位一样。一个高水平的小说欣赏者能从这里看到一篇佳作的艺术奥秘，就像戏迷们知道一出戏哪里是"戏眼"。而它的制作者就应当比欣赏者更善于把握它和运用它。

谈到运用，就应当强调：切莫为了制造某种戏剧性冲突，或是取悦于人的廉价效果，硬造出这只眼睛来。它绝不像侦探小说中故意设置的某一个关键性的疑点。小说的眼睛是从大量生活的素材积累中提炼出来的，是作家消化了素材、融合了感情后的产物，它为了使作品在给人以新颖的艺术享受的同时，使人物得到更充分的开掘，将生活表现得更深刻而又富于魅力。它是生活的发现，又是艺术的发现。

当然，并非每篇小说都能有一只神采焕发的眼睛，就像思念故乡的可怜的小万卡最后在信封上写："乡下，我的祖父亲收。"或像《麦琪的礼物》中的表链与发梳，或像《药》结尾那夏瑜坟上的花圈那样。

小说的眼睛就像人的眼睛。

它忽闪忽闪，表情丰富。它也许是明白地告诉你什么，也许要你自己去猜去想去悟。它是幽深的、多层次的，吸引着你层层深入，绝不会一下子叫你了然大白。

这，就是小说的眼睛最迷人之处。

还有一种闭眼的小说

是否所有的小说都可以找到这只眼睛？

许多小说充满动人的细节、情节、对话、画面，却不一定可以找出这只眼睛来。因为有些作品不是由前边所说的那种明显的眼睛来结构小说的。例如《祥林嫂》中祥林嫂结婚撞破脑袋，阿毛被狼叼去，鲁四爷不叫她端供品……它是由几个关键情节支撑起来的，缺一不可。那种内心独白式的、或情节淡化、散文化、日记体的小说，它的眼睛往往化成了一种诗情、一种感受、一种情绪、一种基调，作家借以牢牢把握全篇。甚至连每一个词汇的分寸，也要受它的制约。小说的眼睛便躲藏在这一片动人的诗情或感受的后面。离开这情绪、感觉、基调，小说任何一个细节，一段文字，都会成为败笔。

还有一种小说，明明有眼睛，却要由读者画上去。这是那种意念（或称哲理）小说。作家把哲理深藏在故事里，它展开的故事情节，是作为向导引你去寻找哲理的。就像一个闭着眼说话的人，你看不见他的眼珠，却一样能够猜到他的性格和心思。这是一种"闭眼小说"。手段高明的作者总是把你吸引到故事里去，并设法促使你从中悟出道理（或称哲理）。《聊斋》中许多小说都是这样的。如果作者生怕读者不解其意，急得把眼睛睁开，直说出道理来，反而索然无味了。这个眼睛就成了无用的废物。

前边说，小说得需要那样的眼睛，这里又说小说不需要这样的眼睛。两者是一个意思，都是为了使小说更接近或成为艺术品，更富于艺术魅力。

1984 年 1 月 12 日

画枝条说

是日,做纯理性思考。思考乃一奇妙的境界。各种思维线索,有如大地江河,往来奔突,纵横交错,看上去如同乱网,实则源流有序,泾渭分明。于是一时思得心头大畅,抬手由笔筒取长锋羊毫一支,正巧砚池有墨,案桌有纸,遂将笔锋饱浸墨汁。笔随手,手随心,心无所想,更无形象,落纸却长长舒展出一根枝条来。这好似春风吹树,生机勃发,转瞬就又软又韧伸出这好长好鲜的一条啊。

一枝既出,复一枝顺势而来。由何而来,我且不管。反正腕下如行云流水,漫泻轻扬,无所阻碍。枝枝不绝,铺向满纸。不知不觉间,已浸入并尽享于一种自我的丰富之中了。

然而行笔之间,渐渐有种异样的感觉。这一条条运行在纸上的墨线,多么像刚才那思维的轨迹?

有时,一条线飘逸流泻,空游无依,自由自在,真好比一种神思在随意发挥;有时,笔生艰涩,腕中较劲,线条顿挫有力,蹲枝拔节,酷似思维的层层深入;有时,笔锋疾转,陡生意外,莫不是心中腾起新的灵感?于是,真如树分两枝,一条线化成两条线，各自扬长而去，纸上的境界为之一变。

这枝条居然都成了我思维的显影。

一大片修长的枝条好似向阳生长，朝着斜上方拥去。那里却有几条劲枝逆向而下，带着一股生气与锐意，把这片丰繁而弥漫的枝丫席卷回来。思维的世界本无定势，就看哪股力量更具生命的本质。往往一枝夺目出现，顿时满树没入迷茫。而常常又在一团参差交错、乱无头绪的枝丫中，会发现一个空洞似的空间，从中隐隐透着蒙蒙的微明。这可不是一处空白，仔细看去，那里边已经有了淡淡的优雅的一枝，它多么像一声清明又鲜活的召唤！

我明白了，原来这满纸枝条，本来就是我此刻思维的图像。我第一次看见了自己的理性世界。在这往复穿插、层层叠叠的立体空间里，无数优美的思维轨迹，无数勇气的涉入与艰涩的进取，无数灵性的神来之笔，无数深邃幽远的间隙，无比丰富、神奇、迷人！这原来都是我们的思维创造的。理性世界原来并不完全是逻辑的、界定的、归纳的、简化的。它原来比生命天地更充溢着强弱的对抗，新旧的更替，生动的兴衰与枯荣。它还比感情世界更加变化无穷，流动不已，灿烂多姿和充满创造力。

我停住笔，惊讶于自己画了这样一幅没有感情色彩却使自己深深感动的画。原来人类的理性思考才是一个至美的境界。此外，大千万象，人间万物，谁能比之？

1997 年 11 月

鲁迅的功与"过"

在盘点二十世纪中国文学时,我们都发现了这个奇迹:鲁迅写的小说作品最少,但影响最巨。他没有我们当下作家的一种恐慌:倘无巨制,即非大家。他就凭着一本中等厚度的中短篇小说集,高踞在当代中国小说的巅峰。而且未曾受惠于任何市场炒作,先生本人也没上过电视,何故?

倘若从文化角度去看,这奇迹的根由便一目了然,就是他那独特的文化的视角,即国民性批判。

作家的眼睛死盯在人的身上。所以,他从这文化视角看下去,不只看到社会文化形态,更是一直看到人的深在的文化心理。那么接下去便是他独有的一种创造:将这文化心理,铸造成一种文化性格,一种非常的人物。这种人物不是一般意义上的个性人物,也不是现实主义文学中的典型人物。他这种人物的个性,全是中国国民共有的劣根性。他是把一个个国民的共性特征,作为个性细节来写的。这就使他笔下的人物具有巨大的覆盖性。比如阿Q——在现实中绝对没有这种人物存在,但在他身上却能找到我们每个人的某一部分的影子。

进一步说，这种共性，不是通常那种人所共有的人性，而是一种集体无意识，是一种文化的特性。我曾经用过一个"文化人"的词语，来述说这种特殊的人物。这里所说的"文化人"，不是"有文化的人"的概念。这个"文化人"是指特有的文化铸成的特有的文化性格。这种性格放在小说人物身上是一种个性，放在小说之外是一种集体性格。当一种文化进入某地域的集体的性格心理中，就具有顽固和不可逆的性质。倘若逆转，极其缓慢。它属于一种根性。当然，任何民族的文化性格都是两面的，一面是优根性，一面是劣根性。可是它像一张纸的两面，是孪生一对生出来的，不能免掉任何一面。但作家的思维天生是逆向的，文学的本质是批判。当它面对文化性格时，肯定要先批判国民劣根性的一面。

然而，在鲁迅之前的文学史上，我们还找不到这种先例。鲁迅是第一位创造性地使用这个文化视角，来观察、感受、认识、分析和批判生活，然后升华出这种独特的"文化人"来。他小说的人物不完全是这种"文化人"。比如祥林嫂、孔乙己、闰土等，虽然具有二十世纪初中国人的某些集体性格特征，但还不是纯粹的"文化人"。阿Q则是鲁迅自觉创造的最典型的"文化人"的形象。在鲁迅的杂文中，这种潜在的"文化性格"也屡屡出现，比如《聪明人和傻子和奴才》，等等。这种人物所具有的深刻的认识价值，学者们多有论述，本文不做重复。我只想说，我们从这个视角可以发现其他角度无法发现的内容。比如从这里，我们一下子找到了中国社会痼疾最本质的缘故。同时，这种极其独特的审美形象，自然就穿过那种司空见惯的平庸的文学平面，异彩缤纷地跳跃到中国小说的人物舞台上来。

所以说，作家最关键的是他的视野。视野的关键是视角的独特性。而文学的关键是视野的果实——人物。

鲁迅的这种"文化人"，不是真实的而是逼真的，不是生活的再现而是深层的表现。它既是悟性的发现，更是理性的创造。它写出来是专门供"批判"用的，而这批判是为了唤起国民的自省。对此鲁迅心里十分明白，做得更明白。鲁迅属于那种像法官一样异常清醒的作家。他始终是瞪着眼看世界，和瞪着眼写他的小说的。

鲁迅是充满责任感的作家。当下人们已经很讨厌责任这两个字了。其实责任就是良心。我换句话说——鲁迅是个充满良心的作家。他压给自己的使命是剪断古老的精神锁链，唤醒世人迟钝的心，催动国民的自审与自奋。当然，鲁迅的工作并不是一步到位地直接写给大众看的。大众也根本看不懂他的《阿Q正传》和《狂人日记》。他主要想影响比较高层的知识分子，通过他们去影响一般知识分子，最后影响到大众。他的文学最初是作用于"小众"范围之中的。他的思想之所以能够通过层层影响，直抵时代大众，就足以表现这种思想强烈的现实意义及其力度了。

然而，我们必须看到，他的国民性批判源自一八四〇年以来的西方传教士那里。这些最早来到中国的西方传教士，写过不少的回忆录式的著作。他们最热衷的话题就是中国人的国民性。它成了西方人东方观的根本与由来。时下，已经有几家出版社将传教士的这一类著作翻译出版。只要翻一翻阿瑟·亨·史密斯的《中国人的性格》，看一看书中那些对中国人的国民性的全面总结，就会发现这种视角对鲁迅的影响多么直接。在二十世纪初，中国的思想界从西方借用的思想武器之一，就是国民性批判。通过鲁迅、梁启超、孙中山等人的大力阐发，它犹如针芒扎在我们民族的脊背上，无疑对民族的觉醒起过十分积极的作用。我这话是说，鲁迅的国民性批判来源于西方人的东方观。他的民族自省得益于西方人的旁观。一个民族很难会站到自己的对面看自己。而有了对方，便从对方的瞳仁中看到了自己的影像。但鲁迅笔下的"文化人"绝不是对西方人东方观的一种图解与形象化。他不过走进一间别人的雕塑工作室，一切创造全凭他自己。鲁迅从这特殊的文化视角进入中国社会的深层，也就是进入了中国人的文化心理结构之中，淋漓尽致地发展他的发现与批判的才能。他找到传统社会身体上所有的压痛点与病灶。文学的批判功能被他发挥到极致。由于二十世纪初的中国处于社会更迭的时代，社会命题与每一个人的生存息息相关，没有给人多少"私人化"的空间，鲁迅的文学作用便变得至高无上。

可是，鲁迅在他那个时代，并没有看到西方人的国民性分析里所埋伏着的西方霸权的话语。传教士们在世界所有贫穷的异域里传教，都免不了居高临下，傲视一切。在宣传救世主耶稣之时，他们自己也进入了救世主的角色。一方面他们站在与东方中国完全不同的文化背景上看中国，会不自觉地运用"比较文化"的思维，敏锐地发现中国文化的某些特征；另一方面他们对中国文化所知有限，并抛之以优等人种自居的歧视性的目光，故而他们只能看到中国社会与文化的症结。他们的国民性分析，不仅是片面的，还是贬义的或非难的。

由于鲁迅所要解决的是中国自己的问题，不是西方的问题，他需要借助这种视角反观自己，故而没有对西方人的东方观做立体的思辨。又由于他对封建文化的残忍与顽固痛之太切，便恨不得将一切传统文化打翻在地,故而他对传统文化的批判往往不分青红皂白。当然,他的偏激具有某种时代的合理性;正是这种偏激,才使他分外清晰和强烈。可是他那些非常出色的小说,却不自觉地把国民性话语中所包藏的西方中心主义严严实实地遮盖了。我们太折服于他的国民性批判了,太钦佩他那些独有的"文化人"形象的创造了,以致长久以来,竟没有人去看一看背后那些传教士们陈旧又高傲的面孔。

二十世纪八十年代以来,中国的一批"文化电影"在西方获得前所未有的称许,随之便是捧得各种亮闪闪的世界级奖牌回来。在如潮般的赞扬声中,有一种批评极不中听,即"这些电影都是专门拍给西方人看的"。一时,人们都认为那是"左爷们"僵化的过了时的滥调,哈哈一笑,不去理会。

可是,中国的事常常是"你中有我,我中有你"。

这一批以文化自审的方式观照生活的电影,之所以被西方叫好,恰恰是由于它们的思想背景巧合一般地印证了西方由来已久的文化偏见。对于西方人来说,他们的东方观总是与最早到中国的传教士那些国民性的分析一脉相承,遥远又密切地联系着。这早已经是一种固定不变的成见。一个西方人,尤其是从来没有到过中国的西方人,你给他一个充满幽默感、性格快乐的中国人形象,他也会摇头说 no,表示不信;你给他一个呆板麻木的形象,他会叫好。而这批电影通常都没有具体的时代背景,有点超时空的绝对化的味道——人物被放在四面高墙之中,与各种阴影生活在一起,个个性格怪异,行动诡秘,不是性压抑就是性变态。这种故事愈强化,愈神秘化,就愈会被西方人认作经典的东方。因为神秘二字,正体现西方人因文化隔绝而产生的对东方的感受。

我虽然不认为这批电影是有意地去"取悦洋人",但它们的确没有走出一个多世纪以来的西方中心主义的磁场。他们的文化指针依然对准在阿瑟·亨·史密斯的刻度上。

最后要说的是,我之所以在本文标题《鲁迅的功与"过"》的"过"字上加一个引号,是想表明这个把西方人的东方观一直糊里糊涂延续至今的过错,并不在鲁迅身上,而是在我们对鲁迅的神化上。这话怎么讲呢?

中国文学有个例外,即鲁迅一直是中国文学中唯一不能批评的作家。也许由于他曾经被毛泽东界定为"伟大的思想家、革命家和文学家"——先对他在政治上定了"革命"的性,再在前边加上"伟大"的桂冠,他就变得神圣而不可侵犯了。有人说鲁迅如果碰上"文革",准要遭殃,实际上鲁迅在"文革"也一样"走红"。一个作家被奉若神明是可悲的。最有活力的作家总是活在褒贬之间的。他原本是一个勇士,却在他的四周拉上带电的铁丝网;他生前不惧怕任何人责骂,死后却给人插上"禁骂"的牌子。这一来,连国民性问题也没人敢碰了。多年来,我们把西方传教士骂得狗血喷头,但对他们那个真正成问题的"东方主义"却避开了。传教士们居然也沾了鲁迅的光!

国民性批判问题是复杂的。它是一个概念,两个内涵,一个是我们自己批评自己,一个是西方人批评我们。后一个批评里包含着浓重的西方中心主义的立场——它们亦是亦非地纠缠一起。尽管留下的问题十分复杂,但还得说清楚:我们承认鲁迅通过国民性批判所做出的历史功绩,甚至也承认西方人所指出的一些确实存在的我们国民性的弊端,却不能接受西方中心主义者们关于中国"人种"的贬损;我们不应责怪鲁迅作为文学家的偏激,却拒绝传教士们高傲的姿态。这个区别是本质性的——鲁迅的目的是警醒自我，激人奋发；而传教士却用以证实西方征服东方的合理性。鲁迅把国民的劣根性看作一种文化痼疾，应该割除；西方传教士却把它看作一种人种问题，不可救药。

二十世纪八十年代末，我尝试使用文学来表达我对传统文化症结的认识与发现。我采用辫子、小脚和阴阳八卦，作为传统文化（主要指封建文化的顽根性、自我束缚力和封闭性自我循环）的文化黑箱的一种意象来写。我之所以没有像鲁迅那样把这些文化特征转变为一种人物性格，是因为，只要我往这方面一想，马上就觉得自己成了鲁迅的仿制品。能被人模仿是杰出的，叫人无法模仿才是一种伟大和独有的创造。写到这里，即刻停笔，真怕我也把我敬重的人神化。

2000 年 1 月 9 日

水墨文字

一

兀自飞行的鸟儿常常会令我感动。

在绵绵细雨中的峨眉山谷，我看见过一只黑色的孤鸟。它用力扇动着又湿又沉的翅膀，拨开浓重的雨雾和叠积的烟霭，艰难却直线地飞行着。我想，它这样飞，一定有着非同寻常的目的。它是一只迟归的鸟儿？迷途的鸟儿？它为了保护巢中的雏鸟还是寻觅丢失的伙伴？它扇动着翅膀，缓慢、有力、富于节奏，好像慢镜头里的飞鸟。它身体疲惫而内心顽强。它像一个昂扬而闪亮的音符在低调的旋律中穿行。

我心里忽然涌出一些片段的感觉，一种类似的感觉——那种身体劳顿不堪而内心的火犹然熊熊不息的感觉。

后来我把这只鸟，画在我的一幅画中。

所以我说，绘画是借用最自然的事物来表达最人为的内涵。这也正是文人画的首要的本性。

二

画又是画家作画时的心电图。画中的线全是一种心迹。因为，唯有线条才是直抒胸臆的。

心有柔情，线则缠绵；心有怒气，线也发狂。心境如水时，一条线从笔尖轻轻吐出，如蚕吐丝，又如一串清幽的音色流出短笛。可是你有情勃发，似风骤至，不用你去想怎样运腕操笔，一时间，线条里的情感、力度，乃至速度全发生了变化。

为此，我最爱画树画枝。

在画家眼里，树枝全是线条；在文人眼里，树枝无不带着情感。

树枝千姿万态，皆能依情而变。树枝可仰，可俯，可疏，可繁，可争，可倚；唯此，它或轩昂，或忧郁，或激奋，或适然，或坚韧，或依恋……我画一大片木叶凋零而倾倒于泥泞中的树木时，竟然落下泪来。而每一笔斜拖而下的长长的线，都是这种伤感的一次宣泄与加深，以致我竟不知最初缘何动笔。

至于画中的树，我常常把它们当作一个个人物。它们或是一大片肃然站在那里，庄重而阴沉，气势逼人；或是七零八落，有姿有态，各不相同，带着各自不同的心情。有一次，我从画面的森林中发现一棵婆娑而轻盈的小白桦树。它娇小，宁静，含蓄；那叶子稀少的树冠是薄薄的衣衫。作画时我并没有着意地刻画它。但此时，它仿佛从森林中走出来了。我忽然很想把一直藏在心里的一个少女写出来。

三

绘画如同文学一样，作品完成后往往与最初的想象全然不同。作品只是创作过程的结果。而这个过程却充满快感，其乐无穷。这快感包括抒发、宣泄、发现、深化与升华。

比起文学，绘画的变数更多。因为，吸水性极强的宣纸与含着或浓或淡水墨的毛笔接触时，充满了意外与偶然。它在控制之中显露光彩，在控制之外却会现出神奇。在笔锋扫过之地，本应该浮现出一片沉睡在晨雾中的远滩，可是感觉上却像阳光下摇曳的亮闪闪的荻花，或是一抹在空中散步的闲云。有时笔中的水墨过多过浓，天上的云向下流散，压向大地山川，慢慢地将山顶峰尖黑压压地吞没。它叫我感受到，这是天空对大地惊人的爱！但在动笔之前，并无如此的想象。到底是什么，把我们曾经有过的感受唤起与激发？

是绘画的偶然性。

然而，绘画的偶然性必须与我们的心灵碰撞，才会转化为一种独特的画面。

绘画过程中总是充满了不断的偶然，忽而出现，忽而消失。就像我们写作中那些想象的明灭，都是一种偶然。感受这种偶然的，是我们的心灵；将这种偶然变为必然的，是我们敏感又敏锐的心灵。

因为我们是写作人，我们有着过于敏感的内心，我们的心中还积攒着庞杂无穷的人生感受。我们无意中的记忆远远多于有意的记忆，我们深藏心中的记忆永远多于写在稿纸上的有限的素材。但这些记忆无形地拥满心中,日积月累,重重叠叠,谁知道哪一片意外形态的水墨,会勾出一串曾经牵肠挂肚的昨天?

然而,绘画的工作就是捕捉这千载难逢的偶然,抓住它不放,将它定格,然后去确定它、加强它、深化它。一句话:

艺术就是将瞬间化为永恒。

四

纯画家的作画对象是他人,文人(也就是写作人)的作画对象主要是自己。写作人作画首先是一种自言自语、自我陶醉和自我感动。

因此,写作人的绘画追求精神与情感的感染力,纯画家的绘画崇尚视觉与审美的冲击力。

纯画家追求技术效果和形式感,写作人则把绘画作为一种心灵工具。

五

一阵急雨沙沙有声落在纸上,那是我洒落在纸上的水墨。江中的小舟很快就被这阵蒙蒙雨雾所遮翳,只有桅杆似隐似现。不能叫这雨过密过紧,吞没一切。于是,一支蘸足清水的羊毫大笔挥去,如一阵风,掀起雨幕的一角,将另一只扁舟清晰地显露出来,连那个头顶竹笠、伫立船头的艄公也看得分外真切。一种混沌中片刻的清明,昏沉里瞬息的清醒。可是,接着,我又将一阵急雨似淋漓的水墨洒落纸上,将这扁舟的船尾遮蔽起来,只留下这瞬息显现的船头与艄公。

我作画的过程就像我上边文字所叙述的过程。我追求这个过程的一切最终全都保留在画面上,这就是可叙述性。

写作的叙述是线性的、过程性的,一字一句,不断加入细节,逐步深化。

这里,我的《树后边是太阳》正是这样:大雪后的山野一片洁白,绝无人迹。如果没有阳光,一定寒冽又寂寥。然而,太阳并没有隐遁,它就在树林的后边。虽然看不见它灿烂夺目的本身,但它无比强烈的光芒却穿过树干与枝丫,照射过来,巨大的树影无际无涯地展开,一下子铺满了辽阔的雪原。

于是,这体现了绘画的一种文学性质,就是我这里所说的叙述性。它不属于诗,而属于散文。那么绘画的可叙述性也就是绘画的散文化。

六

最能寄情寓意的是大自然的事物。

比如前边所说,树枝的线条可以直接抒发情绪。

再比如,这种种情绪还可以注入流水。无论它激扬、倾泻、奔流,还是流淌、潺缓、波澜不惊,全是一时的心绪。一泻万里如同浩荡的胸襟,骤然的狂波好似突变的心境,细碎的涟漪中夹杂着多少放不下的愁思?

至于光,它能使一切事物变得充满生命感,哪怕是逆光中的炊烟,一切逆光的树叶都胜于艳丽的花。这恐怕还是因为一切生命都受惠于太阳,生命的一切物质含着阳光的因子。

还有秋天的事物。一年四季里,唯有秋天是写不尽也画不尽的。春之萌动与锐气,夏之蓬勃与繁华,冬之萧瑟与寂寥,其实也都包括在秋天里。秋天的前一半衔接着夏天,后一半融入冬天。它本身又是大自然最丰饶的成熟期。故此,秋的本质是矛盾又斑斓,无望与超逸,繁华而短促,伤感而自足。

写作人的心境总是百感交集的。比起单纯的情境,他们一定更喜欢唯秋天才有的萧疏的静寂,温柔的激荡,甜蜜的忧伤,以及放达又优美的苦涩。

能够把一切人生的苦楚都化为一种美的,只有艺术。

在秋天里,我喜欢芦花。这种在荒滩野水中开放的花,是大自然开得最迟的野花。它银白色的花有如人老了的白发,它象征着大自然一轮生命的衰老吗?如果没有染发剂,人间一定处处皆芦花。它生在细细的苇秆的上端,在日渐寒冽的风里不停地摇曳。然而,从来没有一根芦苇荻花是被寒风吹倒吹落的!还有,在漫长的夏天里,它从不开花,任凭人们漠视它,把它只当作大自然的芸芸众生,当作水边普普通通的野草。它却不在乎人们怎么看它,一直要等到百木凋零的深秋,才喷放出那穗样的毛茸茸的花来。没有任何花朵与它争艳。不,它的天性就是与世无争的。它无限轻柔,也无限洒脱。虽然它不停地在风中摇动,但每一个姿态都自在、随意,绝不矫情,也不搔首弄姿。尤其在阳光的照耀下,它那么夺目和圣洁!我敢说,没有一种花能比它更飘洒、自由、多情,更具有这般极致的美!也没有一种花比它更坚韧与顽强。它从不取悦于人,也从不凋谢摧折。直到河水封冻,它依然挺立在荒野上。它最终是被寒风一点点撕碎的。

在这永无定态的花穗与飘逸自由的茎叶中,我能获得多少人生的启示与人生的共鸣?

七

绘画的语言是可视的。

绘画的语言有两种。一种形式的,一种技术的。古人叫作笔墨,现代人叫作水墨。

我更看重笔墨这种语言。

笔作用于纸,无论轻重缓急;墨作用于纸,无论浓淡湿枯——都是心情使然。

笔的老辣是心灵的枯涩,墨的溶化是情感的舒展;笔的轻淡是一种怀想,墨的浓重是一种撞击。故此,再好的肌理美如果不能碰响心里的事物,我也会将它拒之于画外。

文学表达含混的事物,需要准确与清晰的语言;绘画表达含混的事物,却需要同样含混的笔墨。含混是一种视觉美,也是我们常在的一种心境。它暧昧、未明、无尽、嗫嚅、富于想象。如果写作人作画,便一定会醉心般地身陷其中。

八

我习惯写散文时,放一些与文章同种气质的音乐做背景。

那天,我在写一只搁浅于湖边的弃船在苦苦期待着潮汐。忽然,耳边听到潮汐之声骤起。当然这是音乐之声,是拉赫玛尼诺夫的音乐吧！我看到一排排长长的深色的潮水迎面而来。它们卷着雪白的浪花，来自天边，其速何疾！一排涌过，又一排上来，向着搁浅的小船愈来愈近。雨点般的水点溅在干枯的船板上，扬起的浪头像伸过来的透明而急切的手。音乐的旋律一层层如潮地拍打我的心。我紧张地捏着笔杆，心里激动不已，却不知该怎么写。

突然，我一推书桌，去到画室。我知道现在绘画已经是我最好的表达方式了。

我把白宣纸像月光一样铺在画案上，满满地刷上清水。然后，用一枝水墨大笔来回几笔，墨色神奇地洇开，顿时乌云满纸。跟着，大笔落入水盂，笔中的余墨在盂中的清水里像烟一样地散开。我将一笔极淡的花青又窄又长地抹上去，让阴云之间留下一隙天空。随即另操起一支兼毫的长锋，重墨枯笔，捻动笔管，在乌云压迫下画出一排排翻滚而来的潮汐……笔中的水墨不时飞溅到桌上手背上，笔杆碰在盆子碟子上叮当有声。我已经进入绘画之中了。

待我画完这幅《久待》，面对画面，尚觉满意，但总觉还有什么东西深藏画中。沉默的图画是无法把这东西"说"出来的。我着意地去想，不觉拿起钢笔，顺手把一句话写在稿纸上：

"人生的大部分时间就像钓者那样守着一种美丽的空望。"

跟着，我就写了下去：

"期望没有句号。"

"美好的人生是始终坚守着最初的理想。"

"真正的爱情是始终恪守着最初的誓言。"

"爱比被爱幸福。"

于是,我又返回到文学中来。

我经常往返在文学与绘画之间,然而这是一种甜蜜的往返。

2002 年 5 月 6 日

文人的书法

文人书法的历史要比文人画的历史长。

文人用毛笔、墨和宣纸写文章,很容易就对书写的审美有了兴趣。书法的艺术便蕴寓其中。

文人以文章抒发心志,其书法天生具有挥洒情感、一任心灵的性质,故此文人书法是以个性为其特征。文人性格彼此迥异,有一千个擅长书法的文人,就有一千个相去千里的书法面貌。故此文人书法的风格都不是刻意追求的。

但是,在篆隶时代,字体规范严格,限制了个性的发挥,文人书法未能形成。到了行草时代,字体走向自由,张扬个性的文人书法便应运而生。此后文人书家所写的篆隶,也就融进了个人的意蕴与性情了。

文人的书法,向例是不拘法矩。情之所至,笔墨奋发。文字原本是表达与宣泄心灵的工具。工具缘何反过来要限制心灵?故此文人进入书法,天地突然豁朗,一无牵绊,万境俱开。

同时,文人不屑于书写别人的话语,言必己出,乃书法之根本。每每心有难捺之语,或有灵性之句,捉笔展纸,书写出来。

笔笔自然都是发自性灵的心迹，字字都是情感乃至情绪的形态。这样的书法，才是有魂的艺术。

历史地看，文人涉入书法，乃是文化的注入。于是，翰墨的世界，不仅奇花异卉争相开放，书法的底蕴更是走向雄厚深邃。但如今，文人著书立说的工具已经改成钢笔和圆珠笔，很多文人撤离书坛，亦文亦书者毕竟不多。文人书法该向何处去？我以为，传承文人书法的使命已然历史地落到书家身上。

然而今之书家，是否亦有这般所思所想？

2003 年 4 月

灵感忽至

凌晨时分被一种莫名的不安扰醒,这不安可不是什么焦虑与担心,而是有种兴致在暗暗鼓动,缘何有此兴奋我并不知道。随后想到今天是元旦。这一日像时间的领头羊,带着一大群时光充裕的日子找我来了。

妻子还在睡觉,房间光线不明,我披衣去到书房。平日随手堆满了书房的纸页和图书在迷离的晨色里充满了温暖和诗意,这里是我安顿灵魂的地方。我的巢不是用树枝搭起来,而是用写满了字的纸和书码起来的。我从中抽出一页素纸,要为今天写些什么。待拿起笔,坐了良久,心中却一片茫然。一时人像浮在无际无涯的半空中,飘飘忽忽,空空荡荡。我便放下笔,知道此时我虽有情绪,却无灵感。

写作是靠灵感启动的。那么灵感是什么?它在哪里?它怎么到来?不知道。似乎它想来就来,不请自来,但有时求也不来,甚至很久也不露一面,好似远在天外,冷漠又悭吝。没有灵感的艺术家心如荒漠,几近呆滞。我起身打开音乐。我从不在没有心灵欲望时还赖在桌前。如果毫无灵感地坐在这里,会渐渐感觉自己江郎才尽，那就太可怕了。

音乐光盘是前几年从俄罗斯带回来的，一位当下正红的女歌手的作品集。俄罗斯最时尚的歌曲骨子里也还是他们固有的气质，浑厚而忧伤。忧伤的音乐最容易进入心底，撩动起过往的岁月积存在那里的抹不去的情感。很快，我就陷入这种情绪里。这时，忽见画案那边有一块金黄色的光。它很小，静谧，神秘；它是初升的太阳照在对面大楼的玻璃幕墙反射下来，落在画案那边什么地方。此刻书房内的夜色还未褪尽，在灰蒙蒙、晦暗的氤氲里，这块光像一扇远远亮着灯的小窗。也许受到那忧伤歌声的感染，这块光使我想起四十年间蛰居市廛中的那间小屋，还有炒锅里的菜叶、破烂的家什、混合在寒冷的空气中烧煤的气味、妻子无奈的眼神……在那冰天雪地时代，唯有家里的灯光才是最温暖的。于是此刻这块小小的光亮变得温情了。我不禁走到画案前铺上宣纸，拿起颤动的笔蘸着黄色和一点点朱红，将这扇明亮的小窗子抹在纸上。随即是那扰着风雪的低矮的小屋。一大片被冷风摇曳着的老槐树在屋顶上空横斜万状，说不清那些苍劲的枝丫是在抗争还是兀自挣扎。在通幅重重叠叠黑影的对比下，我这亮灯的小屋反倒显得更加温馨与安全。我说过，家是世界上最不必设防的地方。

记得有一年，特大的雪下了一夜，我的矮屋门槛太低，早晨推不开门，门外挡着的积雪足足有两尺厚。我从这小窗户跳出去，用木板推开门外的雪才把门打开。当时我们从家里走出，站在清冽的冻耳朵的空气里，多么像雪后从洞里钻出来的野兔……于是我把矮屋前大块没有落墨的纸当作白雪。我用淡淡的水墨渲染地上厚厚而柔软的白雪时，还记起那时常有的一种盼望——有朋友来串门和敲门。支撑我们走出困境与苦难的，不是人间的种种情与义吗？我便用笔在雪地上点出一串深深的脚窝渐渐通进我的小屋。这小屋的灯光顿时更亮，黄色的光影还投射到窗外的雪地上。

没想到，一幅画就这样出来了。温情又伤感，孤寂又温馨。画中的一却都是我心底的景象。我写过这样一句话："人为了看见自己的内心才画画。"而心中的画多半是它们自己冒出来的。这是一种长久的日积月累，等待着有朝一日的升华；就像冬日大地上的万物，等待着春风吹来，一切复活；又如高高一堆干枝干柴，等待着一个飞来的火种。这意外出现的火种就是灵感。

灵感带来突然之间的发现、突破、超越与升腾。它是上天的赐予，是上天对艺术家的心灵之吻，是对一切生命创造的启动。那么我们只有束手等待它吗？当然不是。正如无上的爱总是属于苦苦追求它的人。在你找它时，它一定也在找你。当然它不一定在你规定的时间和地点到来。就像我在书房原本是想写点什么，灵感没有来，可是谁料它竟然化作一道灵性的光降临到我的画案上。它没有进入我的钢笔，却钻进我的毛笔。

记得前些年访问挪威时，中国作协请我写一幅字赠送给挪威作家协会。我只写了两个字：笔顺。挪威的作家朋友不明其意。我解释道："这是中国古代文人间的祝词。笔顺就是写作思路顺畅、没有障碍的意思。"对方想了想，点点头，似乎还没弄明白我写这两个字的用意。中国的文字和文化真是很深，对外交流时首先要把自己解释明白。我又换了一种说法解释道："就是祝你们写作时常常有灵感。"他听了马上咧开嘴,很高兴地谢谢我,也祝我常有灵感。看来灵感对于全球的艺术家都是"救世主"了。

新年初至,灵感即降临我的书房画室,这于我可是个好兆头。当然我明白,只要我守住自己的信仰与追求及其所爱,灵感会不时来吻一吻我的脑门。

2008 年 1 月 1 日新年第一篇

辑四

远行漫记

细雨品京都

　　牛毛细雨绵绵密密洒落京都。这向例宁静的千年古都,多了雨声,只有雨声。偶有风来,吹飞雨点,在光亮的地方晶晶闪烁地飘舞。伞儿必须迎风撑着遮雨。日本人身小,伞儿也小,雨点很快打湿我的衣服,凉滋滋贴在皮肤上,给游览古迹带来诸多不便。糟糕……可是,一仰头,重峦叠翠,烟雾空蒙,清水寺的山门宝塔就立在这之间。日本的塔尖,修长似剑,在细雨霏霏中更显峭拔之势。此时,隔着山谷,飘起一缕轻岚,在空谷中白纱一般地游动,使人想起喜多郎的声音。这缕轻岚,正好从山那边耸立的一座橘色琉璃佛塔前飞过,佛塔一点点模糊又一点点清晰起来,烟岚飞去,塔身竟像给拭过那样洁净光亮……其实这是雨水的反光。在金阁寺里我发现,那雨中镀金的金阁反比阳光下的金阁更加夺目,景象真是奇异。还有花草松竹,给雨水一洗,更艳更鲜更亮更香,而花味草味松味竹味,似乎也更加清新醉人。是来自苍天的雨激发出大地万物的生命气息吗?

　　金阁寺一株六百年树龄的古松,被园林艺人修葺成船的形状,名为"松之舟"。当年列岛上一无所有,最早的一切都是渡海从朝鲜和中国学来的，船就成了日本人的崇拜物。如今这"松之舟"所有松针都挂满雨珠，珠光宝气，倒像一只珍珠船……我想到去年来此，秋叶正红，一些精美娇艳的红叶落在这松船上，我还对同行的一位日本朋友说，应该叫"枫之舟"。如果冬日里它落满厚厚的一船白雪呢？日本大画家的名字"雪舟"两字，忽然冒了出来……

最美的景色，便在任何时候都是美的，无论仲春或残秋。好似一个女人，无论青春年少还是银丝满头，她都美。真正的美是一种气质。那么——

京都的气质呢？

这座至今整整有一千二百年历史的昔日都城，从皇室故宫、豪门巨宅到庙宇寺观，举目皆是；国宝文物，随处可见。如果导游向你介绍这些古迹古物的由来与传说——他手指的地方，几乎每移动一尺，就能讲出一个长长的故事。但死去的时光并不能吸引我。使我着迷的，分明有一种东西，一种活着的、长命的、深切的东西，我渐渐感到了，它是什么呢？

走出大云山龙安寺，穿过夹在竹栏间的砂石小径，低头钻过低垂下来的湿淋淋的繁枝密叶。陪同我们的朝日新闻社的村漱聪先生和町田智子女士，引我们走入一处庭院。临池倚树是一间精雅的房舍。我们坐在清洁的榻榻米上，吃这家小店特有的煮豆腐，享受着传统生活的滋味。窗扇半开半闭，可见院中怪石修竹，野草闲花，以及它们在池中的倒影。一只巴掌大的花蝶，一直在窗外的花丛上嬉舞，时飞时憩，亦不飞去。好像经过训练，点染风光，以使游人体味到千百年前京都贵族高雅悠闲的生活意趣。日本人对自己的历史尊崇备至，砂锅煮豆腐如今改用电炉丝加热，电门却放在暗处，好让游人的全部身心全都沉湎于历史中。这样我就找到京都的魅力了吗？

近黄昏时，町田智子问我：

"你们想到什么地方用餐？"

"当然是日本馆。中国餐可以回国后天天吃。希望是地道的京都小馆。"

撑着伞走进一条湿漉漉的老街。掀开日本式的半截的土布门帘，进了一家小馆。这种日本民间小馆，一切风习依旧，愈小愈土，愈土愈雅。从文化的眼光看，愈土才愈富有文化的原生态和文化的意味。

进门照例是脱鞋，穿过纸糊的方格隔扇，一屈腿坐在清凉光滑的竹席上。跟着是穿和服的妇女端上陶瓷和大漆的餐具，放在矮腿的小台桌上。但这一切不是旅游性质的仿古表演，不是假模假样的旧习俗的演示，而是千百年来传衍至今的不变的过去。

中国菜讲究"色、香、味"，日本菜讲究"色、形、味"。变了一个字，日本饮食文化的特征就出来了。墨色的漆盘放一片菱形的鲈鱼片，嫩白的鱼肉上斜摆两根纤细的紫菜，上边再点缀一朵小小的金黄色菊花。日本人真是不折不扣传承自己先人留下的美。那床棚处，依照传统方式，下角摆一个"清水烧"的陶瓶，瓶中插一朵饱满的唐棣花，再撒出几根风船葛，中间竖着一根轻柔的白荻。也人工，也自然。日本的插花是把精巧的人工和充满生机的大自然融成一体。床棚正面的板壁上，垂挂一幅书法，只一个"花"字，淡墨湿笔，字形松散，笔迹模糊，带着花的温情与清雅，也引起人对花的联想。中国艺术的"空白"以及佛教的顿悟——都叫日本人"拿来"了。

妻子同昭忽有所感，对我说：

"雨天里，在这种地方倒蛮有味道。"

町田智子好像被这话启发出什么来，眸子一亮，点点头。

我不禁扭头望望窗外。小小院落，木墙石地，都因雨水而颜色深重。一束青竹，高低参错，疏密有致，细雨淋上，沙沙作响。仔细听——雨打在竹叶上的声音轻，在叶子上积水而滴落的声音重。前者连绵不断，后者似有节奏，好像乐器在协奏。大自然是超时间的，它这声音把历史拉回到眼前，并把墙上书法的境界、瓶中插花的幽雅、桌上和式饭食独有的滋味，还有这说不出年龄的老店的历史感，融为一体，令我莫名地感动起来。我知道，是这列岛上积淀了千年文化的精灵感染了我……带着这感受饭后在老街上走一走，那沿街小楼黝黑而耗尽油水的墙板，那磨得又圆又光的井沿，那千百年被踏得发光的石板路面，以及一盏一盏亮起来、写着黑字的红灯笼……仿佛全都活了，焕发出古老的韵味，以及遥远又醇厚的诗意。这意味和气息是从历史升华出来的。只要你感受到它，过后你可能忘却这些旧街老巷名胜古迹的具体细节与来龙去脉，但会牢牢记住这种气息与滋味。

因为，文化不只是知识，它是人创造的精灵。

1994 年 10 月

维也纳春天的三个画面

你一听到青春少女这几个字，是不是立刻想到纯洁、美丽、天真和朝气？如果是这样你就错了！你对青春的印象只是一种未深入体验的大略的概念而已。青春，它是包含着不同阶段的异常丰富的生命过程。一个女孩子的十四岁、十六岁、十八岁——无论她外在的给人的感觉，还是内在的自我感觉，都绝不相同。就像春天，它的三月、四月和五月是完全不同的三个画面。你能从自己对春天的记忆里找出三个画面吗？

我有这三个画面。它不是来自我的故乡故土，而是在遥远的维也纳三次旅行中的画面定格，它们可绝非一般！在这个用音乐来召唤和描述春天的城市里，春天来得特别充分、特别细致、特别蓬勃、甚至特别震撼。我先说五月，再说三月，最后说四月，它们都叫我的心灵感到过震动，并都留下一个永远具有震撼力的画面。

五月的维也纳，到处花团锦簇，春意正浓。我到城市远郊的山顶上游玩，当晚被山上热情的朋友留下，住在一间简朴的乡村木屋里，窗子也是厚厚的木板。睡觉前我故意不关严窗子，好闻到外边森林的气味，这样一整夜就像睡在大森林里。转天醒来时，屋内竟大亮，谁打开的窗子？正诧异着，忽见窗前一束艳红艳红的玫瑰。谁放在那里的？走过去一看，呀，我怔住了，原来是夜间窗外新生的一枝缀满花朵的红玫瑰，趁我熟睡时，一点点将窗子顶开，伸进屋来！它沾满露水，喷溢浓香，光彩照人。它怕吵醒我，竟然悄无声息又如此辉煌地进来了！你说，世界上还有哪一个春天的画面更能如此震动人心？

那么，三月的维也纳呢？

这季节的维也纳一片空蒙。阳光还没有除净残雪，绿色显得分外吝啬。我在多瑙河边散步，从河口那边吹来的凉滋滋的风，偶尔会散发一点春的气息。此时的季节，就凭着这些许的春的泄露，给人以无限期望。我无意中扭头一瞥，看见了一个无论多么富于想象力的人也难以想象得出的画面——

几个姑娘站在岸边，正在一齐向着河口那边伸长脖颈，眯缝着眼，噘着芬芳的小嘴，亲吻着从河面上吹来的捎来春天的风！她们做得那么投入、倾心、陶醉、神圣，风把她们的头发、围巾和长长衣裙吹向斜后方，波浪似的飘动着。远看就像一件伟大的雕塑作品。这简直就是那些为人们带来春天的仙女们啊！谁能想到用心灵的吻去迎接春天？你说，还有哪个春天的画面，比这更迷人、更诗意、更浪漫、更震撼？

我心中的画廊里，已经挂着维也纳三月和五月两幅春天的图画。这次恰好在四月里再次访维也纳，我暗下决心，无论如何也要找到属于四月这时节的同样强烈动人的春天杰作。

开头几天，四月的维也纳真令我失望。此时的春天似乎只是绿色连着绿色。大片大片的草地上，没有五月那无所不在的明媚的小花。没有花的绿地是寂寞的。我对驾着车一同外出的留学生小吕说：

"四月的维也纳可真乏味！绿色到处泛滥，见不到花儿，下次再来非躲开四月不可！"

小吕听了，就把车子停住，叫我下车，把我领到路边一片非常开阔的草地上，然后让我蹲下来扒开草好好看看。我用手拨开草一看，大吃一惊：原来青草下边藏了满满一层花儿，白的、黄的、紫的，纯洁、娇小、鲜亮，这么多、这么密、这么辽阔！它们比青草只矮几厘米，躲在草下边，好像只要一努劲，就会齐刷刷地全冒出来……

"得要多少天才能冒出来？"我问。

"也许过几天，也许就在明天。"小吕笑道，"四月的维也纳可说不准，一天换一个样。"

可是，当夜冷风冷雨，接连几天时下时停，太阳一直没露面。我很快就要离开这里去意大利了，便对小吕说：

"这次看不到草地上那些花儿冒出来了，真有点遗憾呢，我想它们刚冒出来时肯定很壮观。"

小吕驾着车没说话，大概也有些怏怏然吧。外边毛毛雨点把车窗遮得像拉了一道纱帘。可车子开出去十几分钟，小吕忽对我说："你看窗外——"隔着雨窗，看不清外边，但窗外的颜色明显地变了：白色、黄色、紫色，在窗上流动。小吕停了车，手伸过来，一下子推开我这边的车门，未等我弄明白是怎么回事，便说：

"去看吧——你的花！"

迎着细密地、凉凉地吹在我脸上的雨点，我看到的竟是一片花的原野。这正是前几天那千千万万朵花儿藏身的草地,此刻花儿一下子全冒出来,顿时改天换地,整个世界铺满全新的色彩。虽然远处大片大片的花已经与蒙蒙细雨融在一起,低头却能清晰看到每一朵小花,在冷雨中都像英雄那样傲然挺立,明亮夺目,神气十足。我惊奇地想:它们为什么不是在温暖的阳光下冒出来,偏偏在冷风冷雨中拔地而起?小小的花居然有此气魄!四月的维也纳忽然叫我明白了生命的意味是什么。是勇气!

这两个普通又非凡的字眼,又一次叫我感到心头怦然一震。这一震,便使眼前的景象定格,成为四月春天独有的壮丽的图画,并终于被我找到了。

拥有了这三幅画面,我自信拥有了春天,也懂得了春天。

1995 年 6 月

地铁中的乐手

倘若到了纽约,想听听音乐,内行的人一准会带你去曼哈顿岛南端那些小咖啡馆。几个黑人,两三件亮闪闪的铜管乐器,一架老掉牙的立式白钢琴,再加上一杯苦味的浓咖啡,就可以让人领略到地道又醇厚的美国黑人的爵士乐了。

那么到了巴黎想听听当地特色的音乐呢?更好办,不用任何人做向导,去买张地铁票到里边东南西北地转一转吧!

只要随着地铁中的人流走起来,便会自然而然进入音乐之中。你走着走着,便感到音乐出现了,并一点点离你愈来愈近。忽然,在一个拐角处,你看见一位乐手在拉琴。这乐手似乎很瘦,脸有些苍白。但他给你的印象也只是到此为止,因为你被流动的人群裹在中间,很快就会走过去。小提琴如泣如诉的声音在你的身后愈来愈小。不等你识别出这似曾相识的有一点凄凉的旋律出自什么曲目,前边—— 一个男人金属般的歌声迎面把你笼罩起来。你进入了另一个同样动人的音乐空间。

整个巴黎下边全是地铁,它通往城中任何地方。在这纵横交错的地铁通道中,处处可以碰到乐手和歌手。他们往往在两条或多条通道的交口处,有时也在通道中间。大多时候只是一个人,拉提琴,或吹黑管、萨克斯管、风笛,有的连拉带唱,甚至加上一个鼓,连接上带蓄电池的小喇叭,演奏起来极有气氛。偶尔也会有两个人一起演奏,他们用不同的乐器美妙地搭配着。甚至还有三四个人一组,有说有唱,还有伴奏,够得上一支有声有色的小乐队了。他们通常把琴盒打开放在脚前,有的则把帽子反过来搁在地上。过路赶车的人群中,时时会有人一猫腰,把几个法郎放在里边。他们并不一定被演奏的曲子感动了,才掏这几个钱。全巴黎的人都会这样做,以表示对艺术和艺术家的敬重与支持。而且,也别以为这些乐手都是在卖艺乞讨。他们有的是出于对音乐的爱好,为了让公众共享他们演奏的乐曲;有的则是喜欢这种流浪汉式的自由自在的艺术家生活。他们自娱自乐,当然也需要你的理解与帮助。在他们中间有很棒很棒,甚至很杰出的乐手。

  一次,在穿过一个低矮的通道时,我们看见一个黑人乐手挎着吉他,边弹边唱。这黑人沙哑的嗓子粗犷有力,听起来宛如大漠上的飓风。他的吉他也弹得有滋有味。更绝妙的是,他一只脚踩着一个踏板,敲打着一面弹簧鼓;同时,弹吉他的右手的食指上套着一个铁箍,时不时举起来,敲两下脑袋上方一根露在外边的金属水管。歌声,吉他声,鼓声和敲水管清脆悦耳的声音,彼此相配,极有节奏感,新奇而又美妙。他声音的感染力、穿透力和演奏时随手拈来的创造性,都表现着一个民间乐手和歌手非凡的乐感与才华。

  我遇到一位来巴黎学习音乐的留学生,她说逢到周末她常常买张票钻进地铁站。巴黎的地铁很自由,只要你不出来,在里边乘着车可以来回来去跑上一天。她就一站一站地去听这些民间乐手们的演唱。巴黎是个国际化的都市,乐手也像旅客一样来自世界各地。不用去辨认他们的模样,只要一听乐曲就知道谁是法国人、西班牙人、意大利人、奥地利人、苏格兰人,谁是阿拉伯人、非洲人。近几年巴黎的俄罗斯人和东欧人渐渐多起来。那些额头的头发向上翻卷着的小伙子,把挂在胸前的手风琴起劲地一拉,便使经历过几十年"中苏友好"的中国人感到亲切万分。在香榭丽舍站上,我见过一位中国姑娘坐在那里弹琵琶,黑黑的披发瀑布一样从额头垂下来,她弹得很投入。可是匆匆走着的乘客很少有人停下来听一听,也许这种古老的乐声对于法国人来说太遥远了,不同文化是很难快速沟通的。但她的琴桌上却放着一支深红色的玫瑰,说不定这是哪位执花去看情人的年轻男子,将手中的花儿转而献给了这位如奏天音的东方神女了。

我相信,把玫瑰放在这里的,一定是巴黎人。

巴黎的地铁简直是一个巨大的网状的音乐厅。地铁的通道四通八达,这些长长通道便是传送着动听的乐曲的管道。上百个乐手分布在各个站口,演奏着他们各自心中的歌。如果他们相遇,相互总要保持着一定距离。当这个乐手的乐曲在通道的某个地方将要消失时,另一种悦耳的歌曲便会及时地送入你的耳鼓。对于那些步履匆匆的乘客来说,如果这支乐曲没有引起他们的共鸣,他们便一掠而过;如果被哪一支曲子打动了,他们便会停下来,欣赏一阵子。那么,人们在地铁中走来走去,不只是为了赶车,也是为了寻找和选听音乐吗?而这些乐手们经常要"转移阵地",从这个地铁站迁到另一个地铁站,换一换对场地的感觉。当他们提着乐器上车之后,忽然兴之所至,便端起乐器,即兴地把一支欢乐的乐曲撩人兴致地吹奏起来,整个车厢顿时一片光明。这时你会感到，整个巴黎全是音乐。

所以我说，巴黎的地上是绘画的世界，地下是音乐的世界。

音乐的世界五光十色，在这世界里你会感受万千。也许你的心被工作中的烦恼填满，但乐手们的几个闪光的音符会把你那些沉重的块垒挪开，他们哪来的这般魔力？也许你刚刚失恋，心灰意冷，空无所依，乐手们一段柔情的倾诉便给了你深切的抚慰。这支曲子你原本就熟悉，但它缘何此时竟成了你的深切的知己？

一段欢快的节奏，可以为人助兴，使人奋发，激发生命的活力，中止心中一种黑色的抑郁的漫延；而一支感伤而多情的曲调，使人柔和和敏感，使人珍惜往事，还可以让空泛的心忽然丰富起来，生出一些美好的心境与爱意。音乐比任何其他艺术都伟大之处，在于它能够直接地融入人的心灵。

于是，这看似寻常的地铁文化，这些无名的民间乐手，实际上处在巴黎生活的深层。这里不是高不可攀的艺术殿堂，却是人间真正的音乐生活的场所；这些乐手不是日月星辰般的音乐大师，但他们可以毫不费力地走进每一个巴黎人的心中。巴黎的地铁已经有一百多年的历史，巴黎人每天的生活全都离不开地铁，他们的心灵早与这流动在地铁通道中的乐曲融为一体。你去问一问巴黎人，他们会告诉你，每个巴黎人至少被这些乐手难以忘怀地感动过一次、两次、三次……

2001 年 4 月

古希腊的石头

每到一个新地方，我首先要去当地的博物馆。只要在那里边待上半天或一天，很快就会与这个地方"神交"上了。故此，在到达雅典的第二天一早，我便一头扎进举世闻名的希腊国家考古博物馆。

我在那些欧洲史上最伟大的雕像中间走来走去，只觉得我的眼睛被那个比传说还神奇的英雄时代所特有的光芒照得发亮。同时，我还发现所有雕像的眼睛都睁得很大，眉清目朗，比我的眼睛更亮！我们好像互相瞪着眼，彼此相望。尤其是来自克里特岛那些壁画上人物的眼睛，简直像打开的灯！直叫我看得神采焕发！在艺术史上，阳刚时代艺术中人物的眼睛，总是炯炯有神；阴暗时期艺术中人物的眼睛，多半暧昧不明。当然，"文革"美术除外，因为那个极度亢奋时代的人们全都注射了一种病态的政治激素。

我承认，希腊人的文化很对我的胃口，我喜欢他们这些刻在石头上的历史与艺术。由于石头上的文化保留得最久，所以无论是希腊人，还是埃及人、玛雅人、巴比伦人以及我们中国人，在初始时期，都把文化刻在坚硬的石头上。这些深深刻进石头里的文字与图像，顽强又坚韧地表达着人类对生命永恒的追求，以及把自己的一切传之后世的渴望。

然而，永恒是达不到的。永恒只是很长很长的时间而已，古希腊人已经在这时间旅程中走了三四千年。证实这三四千年的仍然是这些文化的石头。可是如今我们看到了，石头并非坚不可摧。世界上没有任何东西可以把人带到永远。在岁月的翻滚中，古希腊人的石头已经满是裂痕与缺口，有的只剩下一些残块和断片。

在博物馆的一个展厅，我看到一截石雕的男子的左臂。虽然只是这么一段残臂，却依然紧握拳头，昂然地向上弯曲着，皮肤下面的血管膨脖鼓胀，脉搏在这石臂中有力地跳动。我们无法看见这手臂连接着的雄伟的身躯，但完全可以想见这位男子英雄般的形象。一件古物背后是一片广阔的历史风景，而历史并不因为古物的残缺而缺少什么。残缺，表现着它的经历，它的命运，它的年龄，还有一种岁月感。岁月感就是时间感。当事物在无形的时间历史中穿过，它便被一点点消损与改造，并因而变得古旧、龟裂、剥落与含混，同时也就沉静、苍劲、深厚、斑驳和朦胧起来。

于是一种美出现了。

这便是古物的历史美。历史美是时间创造的，所以它又是一种时间美。我们通常是看不见时间的。但如果你留意，便会发现时间原来就停留在所有古老的事物上。比如那深幽的树洞，凹陷的老街，泛黄的旧书，磨光的椅子，手背上布满的沟样的皱纹，还有晶莹而飘逸的银发……它们不是全都带着岁月和时间深情的美感吗？

这也是一种文化美。因为古老的文化都具有悠远的时间的意味。

时间在每一件古物的体内全留下了美丽的生命的年轮，不信你掰开看一看！

凡是懂得这一层美感的，就绝不会去将古物翻新，甚至做更愚蠢的事——复原。

站在雅典卫城上，我发现对面远远的一座绿色的小山顶上，爽眼地竖立着一座白色的石碑。碑上隐隐约约坐着一两尊雕像。我用力盯着看，竟然很像是佛像！我一直对古希腊与东方之间在雕塑史上的那段奇缘抱有兴趣。便兴冲冲走下卫城，跟着爬上了对面那座名叫阿雷奥斯·帕果斯的草木葱茏的小山。

山顶的石碑是一座高大的雕着神像的纪念碑。由于历时久远，一半已然缺失。石碑上层的三尊神像，只剩下两尊，都已经失去了头颅，可是他们依然气宇轩昂地坐在深凹的洞窟里。这时，使我惊讶的是，它竟比我刚才在几公里之外看到的更像是两尊佛像。无论是它的窟形，还是从座椅垂落下来的衣裙，乃至雕刻的衣纹，都与敦煌和云冈中那些北魏与西魏的佛像酷似！如果我们将两个佛头安装上去，也会十分和谐的！于是，它叫我神驰万里，一下子感到公元前丝绸之路上那段早已逝去的令人神往的历史——从亚历山大东征，到希腊人在犍陀罗为原本没有偶像崇拜的印度人雕刻佛像，再到佛教东渐与中国化的历史，它五彩缤纷地扑面而来。

原来时间隧道就在希腊人的石头中间！在这隧道里，我似乎已经触摸到消失了数千年的那一段时光了。这时光的触觉，光滑、柔软、流动,还有一些神秘的凹凸的历史轮廓。我静静坐在山顶一块山石上,默默享受着这种奇异和美妙的感受,直到夕阳把整个石碑染得金红,仿佛一块烧透了的熔岩。

由此,我找到了逼真地进入希腊历史的秘密。

我便到处去寻访古老的文化的石头,从那一片片石头的遗址中找到时光隧道的入口,钻进去。

然而,我发现希腊到处是这种石头。希腊人说他们最得意的三样东西就是:阳光、海水和石头。从德尔菲的太阳神庙到苏纽的海神庙,从埃皮达洛夫洛斯的露天剧场到迈锡尼的损毁的城堡,它们简直全是巨大的石头的世界。可是这些石头早已经老了。它们残缺和发黑,成片地散布在宽展的山坡或起伏的丘陵上。数千年前,它们曾是堆满财富的王城、聆听神谕的圣坛或人间英雄们竞技的场所。但历史总是喜新厌旧的,被时光筛子筛下来的只有这些破碎的房宇,残垣败壁,断碑,兀自竖立的石柱,东一个西一个的柱头或柱础。

尽管无情的历史遗弃它,有心的希腊人却无比珍惜它。他们保护这些遗址的方式在我们看来十分奇特。他们绝不去动一动历史遁去之后的"现场"。一棵石柱在一千年前倒在哪里,他们今天绝不去把它扶立起来。因为这是历史的本来面目,尊重历史就是不更改历史。当然他们又不是对这些先人的创造不理不管。常常会有一些"文物医生"拿着针管来,为一些正在开裂的石头注射加固剂,或者定期清洗现代工业造成的酸雨给这些石头带来的污迹。他们做得小心翼翼,好像这些石头在他们手中依然是活着的需要呵护的生命。

他们使我们认识到,每一块看似冰冷的古老的石头,其实并没有死亡,它们犹然带着昔时的气息,它们各自不同的形态都是历史的表情,石头上的残痕则是它们命运的印记与年龄的刻度。认识到这些,便会感到我们已身在历史中间。如果你从中发现到一个非同寻常的细节,那就极有可能是找到神奇的时间隧道的洞口了。

迈锡尼遗址给人的感受真是一种震撼。这座三千多年前用巨石砌成的城堡,如今已是坍塌在山野上的一片废墟。被时光磨砺得分外粗糙的巨大的石块与齐腰的荒草混在一起。然而,正是这种历史的原生态,才确切地保留着它最后毁灭于战火时惊人的景象。如果细心察看,仍然可以从中清晰地找到古堡的布局、不同功能的房舍与纵横的甬道。1876年,德国天才的考古学家施里曼就是从这里找到了一个时光隧道的入口,从隧道里搬出了伟大的荷马说过的那些黄金财宝和精美绝伦的"迈锡尼文化"——他实际是复活了古希腊一段早已泯灭了的历史。施里曼说,在发掘出这些震惊世界的迈锡尼宝藏的当夜,他在这荒凉的遗址上点起篝火。他说这是两千多年以来的第一次火光。这使他想起当年阿伽门农王夜里回到迈锡尼时,王后克吕泰涅斯特拉和她的情夫埃吉斯托斯战战兢兢看到的火光。这跳动的火光照亮了一对狂恋中的情人眼睛里的惊恐与杀机。

今天,入夜后如果我们在遗址点上篝火,一样可以看到古希腊这惊人的一幕;我们的想象还会进入那场以情杀为背景的毁灭性的内战中去。因为,迈锡尼遗址的一切都是原封不动的。时光隧道还在那些石头中间。于是我想,如果把迈锡尼交给我们——我们是不是要把迈锡尼散乱的石头好好"整顿"一番,摆放得整整齐齐;再将倾毁的城墙重新砌起来;甚至突发奇想,像大声呼喊着"修复圆明园"一样,把迈锡尼复原一新。如若这样,历史的魂灵就会一下子逃离而去。

珍视历史就是保护它的原貌与原状。这是希腊人给我们的启示。

那一天,天气分外好。我们驱车去苏纽的海神庙。车子开出雅典,一路沿着爱琴海,跑了三个小时。右边的车窗上始终是一片纯蓝。

海神庙真像在天涯海角。它高踞在一块伸向海里的险峻的断崖上。看似三面环海,视野非常开阔。这视野就是海神的视野。而希腊的海神波塞冬就同中国人的海神妈祖一样,护佑着渔舟与商船的平安。但不同的是,波塞冬还有一个使命是要庇护战船。因为波斯人与希腊人在海上的争雄,一直贯穿着这个英雄国度的历史。

可是,这座世纪前的古庙,现今只有石头的庙基和两三排光秃秃的多立克石柱了。石柱上深深的沟槽快要被时光磨平。还有一些断柱和建筑构件的碎块,分散在这崖顶的平台上,依旧是没人把它们"规范"起来。没有一个希腊人敢于胆大包天地修改历史。这些质地较软的残件,两千多年来经受着阵阵海风吹来吹去,正在一点点变短变小,有几块竟然差不多要湮没在地面中了。一些石头表面还像流质一样起伏,这是海风在上边不停地翻卷的结果。可就是这样一种景象,使得分外强烈的历史感一下子把我包围起来。

纯蓝的爱琴海浩无际涯,海上没有一只船,天上没有鹰鸟,也没有飞机。无风的世界了无声息,只有明媚的阳光照耀着古希腊这些苍老而洁白的石头。天地间,也只有这些石头能够解释此地非凡的过去，甚至叫我们想起爱琴海的名字来源于爱琴王，想起那个悲痛欲绝的故事。爱琴王没有等到出征的王子乘着白色的帆船回来，他绝望地跳进了大海。这大海是不是在那一瞬变成这样深浓而清冷的蓝色？爱琴王如今还在海底吗？他到底身在哪里？在远处那一片闪着波光的"酒绿色的海心"吗？

等我走下断崖时，忽然发现一间专门为游客服务的商店。它盖在断崖侧下方的隐蔽处。在海神庙所在的崖顶的任何地方，都是绝对看不见这家商店的。当然，这是希腊人刻意做的。他们绝对不让我们的视野受到任何现代事物的干扰，为此，历史的空间受到了绝对与纯正的保护！

我由衷地钦佩希腊人！

希腊人告诉我们，保护古代文明遗产，需要的是对历史的深刻理解与崇拜，科学的方法，优雅的美感和高尚的文化品味。因为历史文明是一种很高的意境。

创造古希腊的是历史文明，珍惜古希腊的是现代文明。而懂得怎样珍惜它，才是一种很高层次的文明。

2001 年 4 月 11 日

巴黎的天空

　　大自然派到巴黎的捣蛋鬼是雨。尤其进入了秋天,如果出门时天晴日朗,为了贪图轻便而不带雨伞,那一准就会叫雨捉弄了。巴黎的雨让人捉摸不定。有时一天你能赶上五六次雨。有时街对面一片阳光,街这边却雨下得正紧。有时你像被谁在楼上窗口浇花时不小心将一片水点洒在背上,抬头一看原来是雨,一小块巴掌大小的云带来的最小的、最短暂的、唯巴黎才有的"阵雨"。巴黎很少大雨瓢泼,很少江河倒灌,也很少阴雨连绵。它的雨,更像是一种玩笑,一种调皮,一种心血来潮。

　　它不过是一阵阵地将花儿浇鲜浇艳,叫树木散出混着雨味的青叶的气息,把大街上跑来跑去的汽车小小地冲洗一下,再逼迫人们把随身携带的各种颜色和各种图案的雨伞圆圆地撑开。城市的景观为之一变。这雨原来又是一种情调。

　　然而,雨停住,收了伞,举首看看云彩走了没有。这时,有悟性的人一定会发现,巴黎一幅最大的图画正铺在天空。

　　这图画的画面湛蓝湛蓝,白云和乌云是两种基本颜料。画家是风,它信马由缰地在天上涂抹。所以,擅长描绘天空的法国画家欧仁·布丹有一幅画，题目是《10月8日·中午·西北风》。

巴黎的白云和乌云来自大西洋。海风从西边把这些云彩携来，随心所欲地布满天空。风的性情瞬间万变，忽刚忽柔，忽缓忽疾，天上的云便是它变幻无穷的图像。大自然的景观一半是静的，一半是动的。宁静的是大地，永动的是天空。当十九世纪后半期，法国画家们的工作室从画室搬到田野后，天空便给画家以浩瀚和无穷的想象。在大西洋沿岸那座著名的古城翁弗勒尔，我参观前边所说的那位画家布丹的美术馆时，看到了他大量的描绘天空的速写。在大自然中，只有天空纯属自然，最富于灵性。于是，大自然的本质被他表现出来了，这便是生命的创造。在布丹之前，谁能证明天空是一个巨大的创造力无穷的生命？一个被布丹称作"美丽的、透明的、充满大气"的生命？所以，库尔贝、波德莱尔都对这位画友画天空的才华推崇备至，巴比松画派的画家柯罗甚至称他为"天空之王"。

在荷兰的阿姆斯特丹，我去看凡·高美术馆，研究他从荷兰到法国前后画风的变化。我发现他初到巴黎时创作的一幅作品，便是用一大半篇幅去表现动荡而激情的云天。任何艺术家都会首先注意不同的事物，"不同"往往正是事物的本质。那么巴黎奇异的天空自然会吸引住这位敏感的艺术家的心灵，而且这种吸引力一直抵达凡·高一生的终结处——巴黎郊外的奥维尔。看看凡·高在奥维尔画的最后一批作品，天空被他表现得更富于动感、更深入、更动人，并成为他不安的内心的征象。

可是，我想，为什么我们中国人很少画天空，很少画光线？即使画云，也是山间的云雾，或是为了陪衬天上的神仙与飞行的龙，很少直接画天空上的云。清代末期画家吴石仙擅长画雨景，但他不画乌云，他只是用水墨把天空平涂一片深灰色，来表示阴云密布。也许中国文人的山水画，多为书斋内的精神制品——不是自然的风景，而是主观或内心的山水意境。即使是"师造化"的石涛，也只是"搜尽奇峰打草稿"而已。故此，中国的山水多为"季节性"，缺乏"时间性"。不管现代山水画如何发展，至今很少有中国画家画天上的云彩。

现在我们回到巴黎中来——

天空莫测的风云，不仅给巴黎带来多变的阴晴，还演变出晦明不已的光线。雨忽来忽去，阳光忽明忽灭。在巴黎，面对一座美丽和典雅的建筑举起相机，不时会有乌云飞来，遮暗了景色，拍照不成；可是如果有耐心，等不多时，太阳从云彩的缝隙中一露头，景色反而会加倍地灿烂夺目！

阳光与云彩的配合，常常使这座城市出现奇迹。

我闲时便从居住的那条小街走出来，在塞纳河边走一走，看看丰沛而湍急的河水、行人、船只，以及两岸的风光。尽管那些古老的建筑永远是老样子，但在不同的光线里，画面会时时变得大大不同。一次，由于天上一块巨大的云彩的移动，我看到了一个奇观。先是整条塞纳河被阴影覆盖，然后远处——亚历山大三世桥那边云彩挪开了，阳光射下去，河里的水与桥上镀金的雕像闪耀出夺目的光芒。跟着，随着云彩往我这边移动，阳光一路照射来。云行的速度真不慢，眼看着塞纳河上的一座座桥亮了起来，河水由远到近地亮起来，同时两岸的建筑也一座座放出光彩。这感觉好像天空有一盏巨大无比的灯由西向东移动。当阳光照在我的肩头和手臂上，整条塞纳河已经像一条宽阔的金灿灿的带子了。然后，云彩与阳光越过我的头顶，向东而去。最后乌云堆积在河的东端。从云端射下的一道强烈的光正好投照在巴黎圣母院上。在接近黑色的峥嵘的云天的映衬下，古老的圣母院显得极白，白得异样与圣洁。

不知为什么，在这一瞬，竟然唤起我对圣母院一种极强烈的历史感受。我甚至感觉加西莫多、爱斯梅拉达和克罗德现在就在圣母院里。

可是就在我发痴发呆的时候，眼前的景象忽变，云彩重新遮住太阳。一盏巨灯灭了。圣母院顿时变得一片昏暗，好似蒙上重重的历史的迷雾。忽然，我觉得几滴挺凉的水珠落在我的手背上，我抬起头来，一块半圆形的雨云正在我头顶的上空徘徊。

2001 年 5 月 4 日

最后的凡·高

我在广岛的和平纪念馆中,见到一个很大的石件,上边清晰地印着一个人的身影。据说这个人当时正坐在广场纪念碑前的台阶上小憩,在原子弹爆炸的瞬间,一道无比巨大的强光将他的影像投射在这石头上,并深深印进石头里边。这个人肯定已随着核爆炸灰飞烟灭,然而毁灭的同时却意外地留下一个匪夷所思的奇观。

毁灭往往会创造出奇迹。这在大地震后的唐山、火山埋没的庞贝城,以及奥斯威辛与毛特豪森集中营里,我们都已经见过。这些奇迹全是悲剧性的,充满惨烈乃至恐怖的气息。可是为什么凡·高却是一个空前绝后的例外,他偏偏在毁灭之中闪耀出无可比拟的光辉?

法国有两个不起眼的小地方,一直令我迷惑又神往。一个是巴黎远郊瓦兹河边的奥维尔,一个是远在南部普罗旺斯地区的阿尔,它们是凡·高近乎荒诞人生的最后两个驿站。阿尔是凡·高精神病发作的地方,奥维尔则是他疾病难耐、最后开枪自杀之处。但使人莫解的是，凡·高于1888年2月到达阿尔，12月发病，转年5月住进精神病院，一年后出院前往奥维尔，两个月后自杀。这前前后后只有两年！然而他一生中最杰出的作品却差不多都在这最后两年、最后两个地方，甚至是在精神病反反复复发作中画的。为什么？

于是，我把这两个地方"两点一线"串联起来。先去普罗旺斯的阿尔去找他那个黄色小屋，还有圣雷米精神病院；再回到巴黎北部的奥维尔，去看他画过的那里的原野，以及他的故居、教堂和最终葬身的墓地。我要在法国的大地上来来回回跑一千多公里，去追究一下这个在艺术史上最不可思议的灵魂。我要弄个明白。

在凡·高来到阿尔之前，他的精神系统里已经潜伏着发生错乱和分裂的可能。这位有着来自母亲家族的精神病基因的荷兰画家，孤僻的个性中饱藏着脆性的敏感与烈性的张力。他绝对不能与社会及群体相融，他孤军奋战一般在一己的世界中为所欲为。然而，没有人会关心这个在当时还毫无名气的画家的精神问题。

在世人的眼里，生活在想象天地里的艺术家们，本来就是一群"疯子"。故此，不会有人把他的喜怒无常、易于激动、抑郁寡言看作是一种精神疾病早期的作怪。他的一位画家朋友纪约曼回忆他突然激动起来的情景时说："他为了迫不及待地解释自己的看法，竟脱掉衣服，跪在地上，无论怎样也无法使他平静下来。"

这便是巴黎时期的凡·高。最起码他已经是非常神经质了。

凡·高于1881年11月在莫弗指导下画成第一幅画。但是此前此后，他都没有接受过任何系统性的绘画训练。1886年2月他为了绘画来到巴黎。这时他还没有确定的画风。他崇拜德拉克洛瓦、米勒、罗梭，着迷于正在巴黎走红的点彩派的修拉，还有日本版画。这期间他的画中几乎谁的影子都有。如果一定要说出他的画有哪些特征是属于自己的，那便是一种粗犷的精神与强劲的生命感。而这时，他的精神疾病就已经开始显露——

1886年他刚来到巴黎时，大大赞美巴黎让他头脑清晰，心情舒服无比。经他做画商的弟弟提奥介绍，他加入了一个艺术团体，其中有印象派画家莫奈、德加、毕沙罗、高更等，也有小说家左拉和莫泊桑。这使他大开眼界。但一年后，他便厌烦了巴黎的声音，对周围的画家感到恶心，对身边的朋友愤怒难忍。随后他觉得一切都混乱不堪，根本无法作画，他甚至感觉巴黎要把他变成"无可救药的野兽"。于是他决定"逃出巴黎"，去南部的阿尔！

1888年2月他从巴黎的里昂车站踏上了南下的火车。火车上没有一个人知道他的名字，更不会有人知道这个人不久就精神分裂发作，并在同时竟会成为世界美术史上的巨人。

我从马赛出发的时间接近中午。当车子纵入原野，我忽然明白了一百年前初到阿尔的凡·高那种"空前的喜悦"由何而来。普罗旺斯的太阳又大又圆，在世界其他任何地方都见不到这样大的太阳。它距离大地很近，阳光直射，不但照亮也照透了世上的一切，也使凡·高一下子看到了万物的本质——一种通透的、灿烂的、蓬勃的生命本质。他不曾感受到生命如此热烈与有力！他在给弟弟提奥的信中，上百次地描述太阳带给他的激动与灵感。

而且他找到了一种既属于阳光也属于他自己的颜色——夺目的黄色。他说:"铬黄的天空,明亮得几乎像太阳。太阳本身是一号铬黄加白。天空的其他部分是一号和二号铬黄的混合色。它们黄极了!"这黄色立刻改变了凡·高的画,也确立了他的画风!

大太阳的普罗旺斯使他升华了。他兴奋至极。于是,他马上想到把他的好朋友高更拉来。他渴望与高更一起建立起一间"未来画室"。他幻想着他们共同和永远地使用这间画室,并把这间画室留给后代,留给将来的"继承者们"。他心中充满一种壮美的事业感。他真的租了一间房子,买了几件家具,还用他心中的黄色将房子的外墙漆了一遍。此外又画了一组十几幅《向日葵》挂在墙上,欢迎他所期待的朋友的到来。这种吸满阳光而茁壮开放的粗大花朵,这种"大地的太阳",正是他含着象征意味的自我。

在高更到来之前,凡·高生活在一种浪漫的理想里。他被这种理想弄得发狂。这是他一生最灿烂的几个月。他的精神快活,情绪亢奋。他甚至喜欢上阿尔的一切:男女老少,人人都好。他为很多人画了肖像,甚至还用高更的笔法画了一幅《阿尔的女人》。凡·高在和他的理想恋爱。于是这期间,他的画——比如《繁花盛开的果园》《沙滩上的渔船》《阿尔的朗卢桥》《罗纳河上的星夜》等,全都出奇地宁静、明媚与柔和。对于凡·高本人的历史,这是极其短暂又特殊的一个时期。

其实所有的艺术家骨子里都是一种理想主义者,或者说理想才是艺术的本质。但危险的是,他把另一个同样极有个性的画家——高更,当作了自己理想的支柱。

在去往阿尔的路上，我们被糊里糊涂的当地人指东指西地误导，待找到拉马丁广场，已经完全天黑。这广场很大，圆形的，外边是环形街道；再外边是一圈矮矮的小房子，黑黑的，但全都亮着灯。几个开阔的路口，通往四外各处。我们四下去打听拉马丁广场二号——凡·高的那个黄色的小楼。但这里的人好像还是一百年前的阿尔人，全都说不清那个叫什么凡·高的人的房子究竟在哪里。最后问到一个老人，那老人苦笑一下，指了指远处一个路口便走了。

我们跑到那里，空荡荡一无所有。仔细找了找，却见一个牌子立着。呀，上边竟然印着凡·高的那幅名作《在阿尔的房子》——正是那座黄色的小楼！然而牌子上的文字却说这座小楼早在"二战"期间毁于战火，我们脚下的土地就是黄色小楼的遗址。这一瞬，我感到一阵空茫。我脑子里迅速掠过1888年冬天这里发生过的事——高更终于来到这里。但现实总是破坏理想的。把两个个性极强的艺术家放在一起，就像把两匹烈马放在一起。两人很快就意见相左，跟着，从生活方式到思想见解全面发生矛盾，于是天天争吵，时时酝酿着冲突，并发展到水火不容的境地。于是理想崩溃了。那个梦幻般的"未来画室"彻底破灭。潜藏在凡·高身上的精神病终于发作。他要杀高更。在无法抑制的狂乱中，他割下自己的耳朵。随后是高更返回巴黎，凡·高陷入精神病中无法自拔。他的世界就像现在我眼前的阿尔，一片深黑与陌生。

我同来的朋友问："还去看圣雷米修道院里的那个精神病院吗？不过现在太黑，去了恐怕什么也看不见。"

我说："不去了。"我已经知道，那座将凡·高像囚徒般关闭了一年的医院,究竟是什么气息了。

在凡·高一生写给弟弟提奥的八百来封信件里,使我读起来感到最难受的内容,便是他与提奥谈钱。提奥是他唯一的知音和支持者。他十年的无望的绘画生涯全靠着提奥在经济上的支撑。提奥是个小画商,手头并不宽裕,尽管每月给凡·高的钱非常有限,却始终不弃地来做这位用生命祭奠艺术的兄长的后援。这就使凡·高终生被一种歉疚折磨着。他在信中总是不停地向提奥讲述自己怎样花钱和怎样节省,解释生活中哪些开支必不可少,报告他口袋里可怜巴巴的钱数。他还不断地做出保证,绝不会轻易糟蹋掉提奥辛苦换来的每一个法郎。如果提奥寄给他的钱迟了,他会非常为难地诉说自己的窘境,说自己怎样在用一杯又一杯的咖啡,灌满一连空了几天的肚子;说自己连一尺画布也没有了,只能用纸来画速写或水彩。当他被贫困逼到绝境的时候,他会恳求地说:"我的好兄弟,快寄钱来吧!"

但每每这个时候,他总要告诉提奥,尽管他还没有成功,眼下他的画还毫不值钱,但将来一定有一天,他的画可以卖到二百法郎一幅。他说那时"我就不会对吃喝感到过分耻辱,好像有吃喝的权利了"。

他向提奥保证他会愈画愈好。他不断地把新作寄给提奥来作为一种"抵债"。他说将来这些画可以使提奥获得一万法郎。他用这些话鼓舞弟弟,他害怕失去支持,当然他也在给自己打气。因为整个世界没有一个人看上他的画。但今天,特别是商业化的今天,为什么凡·高的每一个纸片反倒成了"全人类的财富"?难道商业社会对文化不是充满了无知与虚伪吗?

故此在他心中,苦苦煎熬着的是一种对自我的怀疑。他对自己"去世之后,作品能否被后人欣赏"毫无把握,他甚至否认成功的价值,乃至绘画的意义。好像只有否定成功的意义,才能使失落的自己获得一点虚幻的平衡。自我怀疑,是一切没有成功的艺术家最深刻的痛苦。他承认自己"曾经给一种不可抗拒的力量挫败过"。在这种时候,他便对提奥说:"我宁愿放弃画画,不愿看着你为我赚钱而伤害自己的身体!"

他一直这样承受着精神与物质的双重的摧残。

可是,在他"面对自然的时候,画画的欲望就会油然而生"。在阳光的照耀下,世界焕发出美丽而颤动的色彩,全都涌入他的眼睛;天地万物勃发的生命激情,令他震栗不已。这时他会不顾一切地投入绘画,直至挤尽每一支画笔里的油彩。

当他在绘画时,会充满自信,忘乎所以,为所欲为;当他走出绘画回到了现实,就立刻感到茫然,自我怀疑,自我否定。他终日在这两个世界中来来回回。所以他的情绪大起大落。他在这起落中大喜大悲,忽喜忽悲。

从他这大量的"心灵的信件"中,我读到——

他最愿意相信的话是福楼拜说的:"天才就是长期的忍耐。"

他最想喊叫出来的一句话是:"我要作画的权利!"

他最现实的呼声是:"如果我能喝到很浓的肉汤,我的身体马上会好起来!当然,我知道,这种想法很荒唐。"

如果着意地去寻找,会发现这些呼喊如今依旧还在凡·高的画里。

凡·高于 1888 年 12 月 23 日发病后,病情时好时坏,时重时轻,一次次住进医院。这期间他会忽然怀疑有人要毒死他,或者在同人聊天时，端起调颜色的松节油要喝下去，后来发展到在作画的过程中突然发作。1889 年 5 月他被送进离阿尔一公里的圣雷米精神病院，成了彻头彻尾的精神病人。但就在这时，奇迹出现了。凡·高的绘画竟然突飞猛进，风格迅速形成。然而这奇迹的代价却是一个灵魂的自焚。

他的大脑弥漫着黑色的迷雾，时而露出清明，时而一片混沌。他病态的精神日趋脆弱，乱作一团，刚刚出现一点头绪，忽然又全部爆裂，乱丝碎絮般漫天狂舞。在贫困、饥饿、孤独和失落之外，他又多了一个恶魔般的敌人——精神分裂。这个敌人巨大，无形，桀骜，骄横，来无影去无踪，更难于对付。他只有抓住每一次发病后的"平静期"来作画。

在他生命最后一年多的时间，他被这种精神错乱折磨得痛不欲生，没有人能够理解。因为真正的理解只能来自自身的体验。癫痫、忧郁、幻觉、狂乱，还有垮掉了一般的深深的疲惫。他几次在"灰心到极点"时都想到了自杀。同时又一直否定自己真正有病，来平定自己。后来他发现只有集中精力，在画布上解决种种艺术问题时，他的精神才会舒服一些。他就拼命并专注地作画。他在阿尔患病期间作画的数量大得惊人，一年多，他画了二百多幅作品。但后来愈来愈频繁的发病，时时中断他的工作。他在给提奥的信中描述过，他在画杏花时发病了，但是病好转之后，杏花已经落光。精神病患者最大的痛苦是在清醒过来之后。他害怕再一次发作，害怕即将发作的那种感觉，更害怕失去作画的能力。他努力控制自己，"不把狂乱的东西画进画中"。他还说，他已经感受到"生之恐怖"！这"生之恐怖"便是他心灵最早发出的自杀的信号！

然而与之相对的，却是他对艺术的爱！在面对不可遏止的疾病的焦灼中，他说："绘画到底有没有美，有没有用处，这实在令人怀疑。但是怎么办呢？有些人即使精神失常了，却仍然热爱着自然与生活，因为他是画家！""面对一种把我毁掉的、使我害怕的病，我的信仰仍然不会动摇！"

这便是一个精神错乱者最清醒的话。他甚至比我们健康人更清醒和更自觉。

凡·高的最后一年，他的精神世界已经完全破碎。一如大海，风暴时起，颠簸倾覆。特别是他出现幻觉之后（1889年2月），眼中的物象开始扭曲、游走、变形。他的画变化得厉害。一种布满画面的蜷曲线条，都是天地万物运动不已的轮廓。飞舞的天云与树木，全是他内心的狂飙。这种独来独往的精神放纵，使他的画显示出强大的主观性，一下子，他就从印象派画家马奈、莫奈、德加、毕沙罗等所受的客观的和视觉的约束中解放出来。但这不是理性的自觉，而恰恰是精神病发作所致。奇怪的是，精神病带来的改变竟是一场艺术上的革命，印象主义一下子跨进它光芒四射的后期。这位精神病患者的画非但没有任何病态，反而迸发出巨大的生命热情与健康的力量。

凡·高这位来自社会底层的画家，一生都对米勒崇拜备至。米勒对大地耕耘者淳朴的颂歌，响彻了凡·高整个艺术生涯。他无数次地去画米勒《播种者》的题材，因为这个题材最本质地揭示着大地生命的缘起。故此，燃起他艺术激情的事物，一直都是阳光里的大自然，朴素的风景，长满庄稼的田地，灿烂的野花，村舍，以及身边勤苦的寻常百姓们。他一直呼吸着这生活的元气，并将自己的生命与这世界上最根本的生命元素融为一体。

当患病的凡·高精神陷入极度的亢奋中，这些生命便在他眼前熊熊燃烧起来，飞腾起来，鲜艳夺目，咄咄逼人。这期间使他痴迷并一画再画的丝柏，多么像是一种从大地冒出来的巨大的生命火焰！这不正是他内心一种生命情感的象征吗？精神病非但没有毁掉凡·高的艺术，反而将他心中的全部能量一起爆发出来。

或者说，精神病毁掉了凡·高本人，却成就了他的艺术。这究竟是一种幸运，还是残酷的毁灭？

匪夷所思的是，这种精神病的程度"恰到好处"。他在神智上虽然颠三倒四，但色彩的法则却一点不乱。他对色彩的感觉甚至都是精确至极。这简直不可思议！就像双耳全聋的贝多芬，反而创作出博大、繁复、严谨、壮丽的《第九交响曲》。是谁创造了这种艺术史的奇迹和生命的奇迹？

倘若他病得再重一些，全部陷入疯狂，根本无法作画，美术史便绝不会诞生出凡·高来；倘若他病得轻一些，再清醒和理智一些呢？当然，也不会有这个在画布上电闪雷鸣的凡·高了。

它叫我们想起，大地震中心孤零零竖立的一根电杆，核爆炸废墟中孤零零矗立的一幢房子。当他整个人崩溃了，唯有那根艺术的神经却依然故我。

这一切，到底是生命与艺术共同的偶然，还是天才的必然？

1890年5月凡·高到达巴黎北郊的奥维尔。在他生命最后的两个月里，他贫病交加，一步步走向彻底的混乱与绝望。他这期间所画的《奥维尔的教堂》《有杉树的道路》《蒙塞尔的茅屋》等，已经完全是精神病患者眼中的世界。一切都在裂变、躁动、飞旋与不宁。但这种听凭病魔的放肆，却使他的绘画达到绝对的主观和任性。我们健康人的思维总要受客观制约，精神病患者的思维则完全是主观的。于是他绝世的才华，刚劲与烈性的性格，艺术的天性，得到了最极致的宣泄。一切先贤偶像、艺术典范、惯性经验，全都不复存在。人类的一切创造都是对自己的约束。但现在没有了！面对画布，只有一个彻底的自由与本性的自己。看看《奥维尔乡村街道》的天空上那些蓝色的短促的笔触，还有《蓝天白云》那些浓烈的、厚厚的、挥霍着的油彩，就会知道，凡·高最后涂抹在画布上的全是生命的血肉。唯其如此，才能具有这样永恒的震撼。

这是一个真正的疯子的作品，也是旷古罕见的天才的杰作。

除了他，没有任何一个精神病患者能够这样健康地作画；除了他，没有任何一个艺术家能够拥有这样绝对的非常态的自由。

我们从他最后一幅油画《麦田群鸦》中已经看到他的绝境。大地在乌云的倾压下，恐惧、压抑、惊栗，灾难的风暴即将到来。三条道路伸往三个方向，道路的尽头全是一片迷茫与阴森。这是他生命最后一幅逼真而可怕的写照，也是他留给世人的一份刺目的图像遗书。他在给弟弟提奥的最后一封信中说："我以生命为赌注作画。为了它，我已经丧失了正常人的理智。"在精疲力竭之后，他终于向狂乱的病魔垂下头来，放下了画笔。

1890年7月27日，他站在麦田中开枪自杀。被枪声惊起的鸦群，就是他几天前画《麦田群鸦》时见过的那些黑黑的乌鸦。

随后，他在奥维尔的旅店内流血与疼痛，忍受了整整两天，29日死去。离开了这个他疯狂热爱却无情抛弃了他的冷冰冰的世界。冰冷而空白的世界。

我先看了看他在奥维尔住过的那间房。这是当年奥维尔最廉价的客房，每天租金只有3.5法郎。大约七平方米。墙上的裂缝，锈蚀的门环，沉暗的漆墙，依然述说着当年的境况。从坡顶上的一扇天窗只能看到一块半张报纸大小的天空，但我忽然想到《哈姆雷特》中的一句台词："即使把我放在火柴盒里，我也是无限空间的主宰者。"

从这小旅舍走出，向南经过奥维尔教堂，再走五百米，便是他的墓地。这片墓地在一片开阔的原野上，使我想到凡·高画了一生的那种浑厚而浩瀚的大地，他至死仍旧守望着这一切生命的本土。墓地外只圈了一道很矮的围墙。三百年来，当奥维尔人的灵魂去往天国之时，都把躯体留在这里。凡·高的坟茔就在北墙的墙根，弟弟提奥的坟墓与他并排。它们大小相同，墓碑也完全一样，都是一块方形的灰色的石板，顶端为半圆的拱。上边极其简单地刻着他们的姓名与生卒年月，没有任何雕饰，一如生命本身。提奥是在凡·高去世半年后死去的。他生前身后一直陪伴着这个兄长，他一定是担心他的兄长在天国也难于被理解，才匆匆跟随而去。

一片浓绿的常春藤像一块厚厚的毯子，把他俩的坟墓严严实实地遮盖着。岁月已久，两块墓碑全都苔痕斑驳。唯一不同的是凡·高的碑前总会有一束麦子，或几朵鲜黄的向日葵，那是来自世界各地的人们献上去的。但没有人会捧来艳丽而名贵的花朵。

凡·高的敬仰者们都知道他生命的特殊而非凡的含义,他生命的本质及其色彩。

凡·高的一生,充满世俗意义上的失败。他名利皆空,情爱亦无,贫困交加,受尽冷遇与摧残。在生命最后的两年,他与巨大而暴戾的病魔苦苦搏斗,拼死为人间换来了艺术的崇高与辉煌。

如果说凡·高的奇迹,是天才加上精神病,那么,凡·高至高无上的价值,是他无与伦比的艺术和为艺术而殉道的伟大的一生。

真正的伟大的艺术,都是作品加上作者全部的生命。

2001 年 6 月 24 日

孤独者的自由

当你和一位作家过从甚密,便会产生一种担心——这家伙会不会哪一天把你写进小说?

你的担心极有道理。作家能够真正写活、写得入木三分的人,恰恰都是与他贴近的人。即使虚构人物,也常常从熟悉的人的身上"借用"一些情节和细节。借用太多便会"酷似"某某人。这就免不了招来麻烦。最典型的例子是:契诃夫在《跳来跳去的女人》中惹恼了他的好友列维坦,左拉在《杰作》中深深伤害了他一生的挚友塞尚。这两个例子有个特别的相同之处,就是被无辜遭到"侵犯"的皆为画家。但不同的是,事后契诃夫与列维坦重归于好,左拉与塞尚却终生绝交,至死不再见面。

从作家角度说,这真是没办法的事。因为在他朋友身上发生的事实在太诱惑了。可是谁去体验一下画家们内心深处那种难言的痛苦呢?比如塞尚。

与左拉的关系,贯穿着塞尚的一生。

这两位巨人的友谊,始自 1852 年。那一年他们一同进入法国南部普罗旺斯地区艾克斯的包蓬中学。左拉十二岁，塞尚十三岁。他们志趣相投，很快结为伙伴。学习之外，一起去游泳、钓鱼、爬山。人高马大的塞尚还成了弱小的左拉的保护者。而共同的理想、抱负、见解和野心，在他们心中描绘着相同的未来。后来他们都千里迢迢北上到了巴黎，左拉从文，塞尚事画。从成长到成功几乎全在一个城市里。左拉又是作家中唯一涉足画坛并举足轻重的人物。可以说，他是印象派运动的发动者。但为什么他偏偏要把自己的挚友塞尚写进小说，并写成一个艺术事业上彻底失败的人物呢？

我们去艾克斯那天正赶上周末。艾克斯市比一个镇还小。偏爱传统生活方式的普罗旺斯人在周末总是起床很迟。我们的车子在城中转了两三圈，才打听到塞尚故居所在的那条劳伏街。这条用石块铺成的小街又窄又长，有些弯曲，而且是爬坡，车子上不去。徒步往上走时，脚掌还得用点力气呢！街上极静，走了一百来米，才见一位老人迎面走下来。我说："看，塞尚来了。他要到下边的包列贡街吃早饭去。"大家笑了，继续往上走。待与这老人走近时，便问塞尚故居是哪一个门。老人说："你们走过了。"他朝下指了指说，"那个就是。"

一扇不起眼的暗红的门板。门两旁的石墙快给从院内涌出的繁盛的绿藤整个包住了，连"塞尚画室"的标志牌也给遮住。看上去不像是"故居"，好像塞尚还在里边。我屈指敲门。门声一响，忽然弄不清是想敲开塞尚的家，还是想敲开藏着许多秘密和答案的历史。

塞尚的性格是他与别人之间的一道墙。1861年，他刚到巴黎的苏维士学院学画，就对人际交往频繁的巴黎生活非常不适。几个月后便返回老家艾克斯。尽管强烈的绘画愿望使他不得不重新再去巴黎那个绘画的中心，但他总是待一阵子又走一阵子。塞尚天性内向，为人拘谨，但又有情绪忽然紧张起来的神经质的一面。他最重要的问题，不是别人接近他困难，而是他难于接近别人。

十九世纪六十年代到七十年代是印象派的形成期。巴黎的画家们十分活跃。无论是在左拉家中常常举行的"星期四聚会"，还是在巴提约尔大道十一号的盖尔波瓦咖啡馆里，塞尚通过左拉结识了马奈、莫奈、雷诺阿、德加、芳汀、克洛德等一大群画家。这些画家正酝酿着绘画史上一场伟大的革命。在这场革命中他们将把绘画从空气凝滞的画室带到大自然灿烂的阳光里。左拉把这即将掀起的艺术大潮称作"自然主义绘画"。他实际是这个画家群体——他们自称作"巴提约尔集团"——思想上的领导者。在印象主义者们翻开绘画史新的一页时，是他向全欧洲宣告："古典风景画被生命和真理灭绝了！"

虽然塞尚也是这运动的一员，他也声称"我决定不在户外就不画"，但他无法融入这个画家群体。他不喜欢高谈阔论，不喜欢乱哄哄人多嘴杂的场合，忍受不了与自己截然相反的见解，甚至会嫌恶个别的人，比如马奈。在别人眼里，塞尚也叫人反感。大家受不了他粗俗的穿戴，任性的举止，很难与他沟通和相处。尽管1874年4月15日举行的历史性的"无名艺术家协会"的展览会（即首次印象派画展）上，塞尚是参展的一员，但事先就遭到了画家们的反对。在展览会上，他独异的画风还受到公众的嘲笑。在印象主义运动一开始，似乎他与大家风马牛不相及。可以说，在当时的法国，印象派是一种"另类"；在印象派群体之中，塞尚又是一个另类。他是另类中的另类，一个和谁也不沾边的个体。此中的缘故，就不是他的个性了，而是他的绘画本身。他和当时的印象派（早期印象派）有根本的不同。

塞尚实际上是埋藏在早期印象派中的一个叛逆者。这是当时谁也没有看出来的——包括左拉！

在当时两个艺术时代——古典画派与印象派之间的斗争中，塞尚属于印象派这一新的时代。他和凡·高一样，都把画架搬到田野中，面对阳光下的世界作画。但是他和凡·高在骨子里与莫奈、德加、雷诺阿、毕沙罗等人是不同的。1876年塞尚在给毕沙罗的信中说：

> 太阳的光线如此强烈，让我感到物体的轮廓都飞舞了起来……但是，这可能是我看错了。我又觉得这是地面起伏的现象。

显然，凭着他天才的悟性，他刚刚迈入印象主义，马上就不满足户外作画带来的视觉上的快感了。他反对仅仅凭"印象"作画，反对那种被现实束缚的瞬间印象。他一下子就从"印象"穿越过去，谁又能有这样的眼力与勇气？

所以在塞尚的画中，事物没有消融在炫目和缤纷的光线里。它们的本质被有力和富于意味地表现出来，从神奇的色彩里可以触摸到坚实的结构。而这严密的构成中又包含许多抽象的形态。那么——这种被塞尚自嘲地称为"灰色而臃肿的大笔画"到底应该归属于哪一个艺术的范畴？人们对孤立而无序的艺术现象总是要排斥在外的。所以乔治·摩亚干脆称他是一个"绘画的无政府主义者"。

正像古典主义不能接受印象主义一样，前期的印象主义运动也不能接受塞尚。塞尚便成了"全世界的敌人"。我们翻阅当时巴黎的报刊就会看到，当时的巴黎对他讥讽、奚落、挖苦和嘲弄，简直达到了疯狂的地步！

比如勒罗瓦在《喧噪》中写道：

> 如果与女士们一起去看画展，想找到最有趣的事情，就请赶快去到塞尚那幅肖像画前吧。看，那个像鞋底颜色的、奇妙的脑袋，一定会给你非常强烈的印象。他多么像得了黄热病！

这样的话举不胜举，天天闯进塞尚的眼睛。

攸斯曼斯的那本重要的书《关于现代艺术》，甚至没有给塞尚一个小小的地位！

他给巴黎抛弃了。

于是他给人们的印象，是一个彻头彻尾的失败者！他和凡·高不同，凡·高一直在圈外，至死无名；他却在圈内，在舆论中心，于是他被认定为一个有才能却误入歧途的失败者。他孤单无助，天天被各种攻击打得满身弹洞，唯一能够给以支持的是他"人生的伙伴"——左拉，可是就在这"生死关头"，左拉忽然把他拉进那部系列小说《卢贡-马卡尔家族》之一《杰作》中，把他写成一个名叫克劳德·兰蒂尔的人物。这个人物是一位固执己见、终生失意而无可救药的画家，最后走投无路而自杀！

左拉在塞尚的身后，非但没有托着塞尚的后背，给他以力量，反而挖了一个洞，把他拉了下去！

如果着意研究其中的根由，就会发现，早在塞尚和左拉到达巴黎之时，他们就已经分道扬镳。他们在各自的世界奋斗着。虽然，他们彼此往来，相互赠书赠画，他们之间的友谊看似延长着，实际上却没有加深。这首先是不同的工作性质决定的。塞尚不主张画家做太多抽象的文学思考。他认为画家应该用眼睛去观察自然，头脑只是用来研究表现方法。他在自己的世界里涉入愈深，就与左拉的世界距离愈远。

尽管左拉关切绘画，但在艺术主张上，他与"巴提约尔集团"更趋一致。可以说左拉与马奈等人的志同道合，远远超越了同塞尚源自童年的那一份久远的情谊。因此，左拉在写作《杰作》而动用他与画家们交往"这一大块"生活积累时，顺手就从自己最熟悉的塞尚身上去选择细节了。左拉毫不避讳"克劳德·兰蒂尔"的一部分原型是塞尚。这表明塞尚在他心中仅仅是一位昔时的友人罢了，并没有太大的分量。

然而，具有悲剧意味的是，左拉完全不了解：生活在另一个世界里失意潦倒的童年挚友塞尚，对左拉却一如往昔地情真意切！故而在人生的意义上，左拉对塞尚的打击是带有毁灭性的。

《杰作》发表于1885年，塞尚四十六岁。这段时间塞尚流年不利。事业的失败到达谷底，还经历了一次夭折的恋情，再加上最密切的朋友负情忘义——不，应该说是左拉在他人生的坠落中，又给他加上一块巨石！

走进塞尚故居的大门。一个被一些树木的浓荫覆盖的小院,一座两层的木楼,暗红的百叶窗全都打开着。这是塞尚晚年的画室,它简简单单,没有任何装饰,乍看上去单调乏味,却令我们感到它内在的丰富、浓郁、神秘、寂寞,还有浸透塞尚一生的孤独气息。

眼前的一切都像我们曾经在文字上看到过的。二楼上的画室真的十分高大,一面全是巨大玻璃窗,室内充满了普罗旺斯独具的通彻的光明。唯一在有关塞尚的书里没有见过的细节是,墙角有个洞,穿过楼板,通往楼下,这是当年塞尚为从楼下往画室搬运大型画布而专门设计的。

塞尚故居的布置极具匠心。画家的外衣随意似的搭在躺椅的椅背上,几个画架都支立着,有的放着一幅未完成的油画,有的挂着外出写生的背包。好像塞尚有事出门,不一会儿就会出现在门口。桌上陈列着布置好的静物。那块深灰色带暗花的背景布,那几个形状各异的水罐,那些水果,那个石膏的孩童像,都在塞尚的画中见过。现在看来便十分亲切。十来张椅子随处乱放,颜料、调色油、烛台、水瓶、酒瓶和咖啡杯铺了一地。这正是塞尚的真实。

全部精神都在想象天地里的人,生活上必定七颠八倒。塞尚的心情总是很坏,这从他缭乱的画室便能观察出来。他作画的速度十分缓慢,过程中不断推翻自己。没有成功的艺术家对自己总是疑虑重重。尤其是画家,一个人在屋子里默默地作画,没有任何观众,他怎么知道自己的画能否被人认可,是否会获得成功?对于那个死后才成名的凡·高,折磨其一生的幽灵就是这种孤独中时时会出现的自我怀疑。塞尚有神经质的一面,所以他常常会情绪低落，心情败坏，对自己发火，把自己的画摔在地上，愤怒地踩成烂饼。这一切左拉都是知道的。左拉说过："当他踏破自己作品的时候，我便知道他的努力、幻灭和败北是怎样的了。"

显然，左拉完全清楚《杰作》对于塞尚本人意味着什么了。

开始时，塞尚表示左拉这样做是出于小说的需要。他努力维护着他们的友谊。可是当左拉声称克劳德·兰蒂尔就是塞尚时，他与左拉的友谊破裂了。

尽管如此，塞尚表现得很平静，没有任何激动的言论。他的神经质也没有发作。为什么？是在舆论上所处的被动位置使他无法与左拉直言相对？是长期怀才不遇养成的骨子里的高傲，使他只能保持沉默？还是他害怕这已然破裂的友谊进一步地走向毁灭？他实在太在乎与左拉的这份情谊了！可以说，他与左拉的友谊是他人生"最大的情感"。当然，他与左拉中断了一切往来与书信。这一切，左拉当然明白。但左拉并没有任何良心的触动，也没有任何主动和好的表示。相反，在塞尚住在艾克斯的一段时间里（1896年），左拉曾从巴黎到艾克斯来看望另一位友人，居然没有与塞尚通个信儿。塞尚得知后，缄默无语，甚至脸上任何表情也没有。他把自己的内心遮盖得严严实实。

左拉与塞尚那些共同的朋友，谁也猜不到塞尚心里到底是一片怒火还是一片寒冰。1902年9月，当塞尚听到左拉煤气中毒而身亡时，他当时被震惊得几乎跌倒。一连几日，坐在这画室里，不住地流泪。他为什么流泪？为不幸的左拉，还是为了永远不可能再修复的破裂的友谊？对于一个真正的男人，失去友谊与失去爱情一样都是深切的痛苦。

这痛苦一直伴随着他艺术上的孤独。

塞尚的传记作家约翰·利伏尔德说，在左拉的系列小说《卢贡－马卡尔家族》中，这本《杰作》给人一种孤立之感。因为在同系列的其他作品中，没有像此书这样放进如此多的回忆，采用如此多的作者周围的人物。这本书写法更接近于纪实。

无疑，左拉的这本书，不服从于卢贡－马卡尔家族的血缘与整体的一致性。他的写作冲动源于他与画家们一段共同的漫长和缤纷的历程。这样就使他的小说常常陷入具体的人和事。在这之中，塞尚之所以成为小说的"牺牲品"，最根本的缘故是左拉也认定塞尚是个失败者。也就是说，左拉用小说证实了塞尚的失败与无望。

塞尚身负巨大的压力，孤立无援，自我怀疑阵阵袭来。然而对抗这内外夹击的力量还得从自己身上吸取。塞尚说过："如果世界上只有一个画家存在，那个画家就是我。"这句话使我们忽然发现，这棵在狂风中一直没有摧折和倾倒的树木——原来树干竟是钢铁铸成的！

当然，历史证明塞尚最终取得成功。从1895年开始，塞尚逐渐被认可，并进入他的"胜利时期"。一方面由于他绘画个性成熟之后巨大的魅力，一方面由于世人对流光溢彩的前期印象主义的审美疲劳。当绚烂而迷人的光线渐渐消散，事物内在的表现力和造型的想象力，一点点透露出来。塞尚的魅力，不仅在于他从构图到笔触上那种独特又神奇的对角线结构，还有他的画面——在现实与幻想、写实与抽象、真实与虚构之间，存在着强大的张力,这是前期印象主义所没有的。历史的太阳终于越过高高的山脊,将大山这一边的风景全部照亮。塞尚将印象主义拉进了生机勃勃的后期。凡·高、马蒂斯等一批新人站到了舞台的前沿。

人们终于明白,塞尚是一个艺术的先觉者。但先觉者在他坎坷又漫长的历程中,总是喝尽了孤独的苦酒。

从塞尚的故居走出,登上后边的高地,便可远眺圣维克多山。这座山雄伟又坦荡的形象由于数十次出现在塞尚的笔底而闻名天下。广袤的山野上,村庄、树林与丘陵黄黄绿绿,全是塞尚的色块;在阳光下,一切景物强烈又坚实的轮廓,使我们想起塞尚有力的笔触,还有他那句诗意的话:

"我们富饶的原野吃饱了绿色与太阳。"

经过十五年的舆论非难,开始被世人认识之时,塞尚却回到艾克斯隐遁下来。他没有在巴黎品尝获取成功后的甘甜,而是躲到遥远的故乡一如既往地苦苦地追求他的理想。艺术家的道路没有终点也没有顶峰,只有不断地艰涩地攀缘的过程。于是他在艾克斯的日子依然充满辛劳与寂寞。他终生是一个人一声不吭地面对着画布。

晚年的塞尚又被糖尿病所折磨,他依然天天背着画架与画箱在山道上上下下。昔日巴黎的那些恶意的舆论他如今还想得起来吗?左拉留给他的那些又温馨又残酷的人生画面呢?

在写生中,他时时会走过阿尔克河。半个世纪前,他和左拉常来这里钓鱼和游泳。喧响的河水多么像他们往日的欢声?

1906年,艾克斯的图书馆为左拉制作一尊胸像。塞尚被邀请参加揭幕仪式。塞尚与左拉共同的老友纽玛·柯斯特讲话时，回忆起他们的童年往事。这一下，塞尚忽然失声痛哭，而且劝慰不止。这哭声让人们感受到强烈的震动，并由此忽然懂得这位艺术家内心深厚的情感和深切的孤独。

但是不要以为孤独仅仅是人生的不幸。

塞尚说：

"孤独对我是最合适的东西。孤独的时候，至少谁也无法来统治我了。"

他说出孤独真正的价值。

孤独通向精神的两极，一是绝望，一是无边的自由。

2001 年 7 月 26 日

看望老柴

对身边的艺术界的朋友,我从不关心他们的隐私;但对已故的艺术大师,我最关切的却是他们的私密。我知道那里埋藏着他们的艺术之源,是他们深刻的灵魂之所在。

从莫斯科到圣彼得堡有两条路。我放弃了去瞻仰普希金家族的领地米哈伊洛夫斯克村,甚至谢绝了那里为欢迎我而准备好的一些活动,是因为我要经过另一条路去到克林看望老柴。

老柴就是俄罗斯伟大的音乐家柴可夫斯基。中国人亲切地称他为"老柴"。

我读过英国人杰拉德·亚伯拉罕写的《柴可夫斯基传》,他说柴可夫斯基人生中最后一个居所——在克林的房子,"二战"中被德国人炸毁。但我到了俄罗斯却听说那座房子完好如故,我就一定要去,因为柴可夫斯基生命最后的一年半住在这座房子里。在这一年半中,他已经完全失去了资助人梅克夫人的支持,并且在感情上遭到惨重的打击。他到底是怎样生活的?是穷困潦倒、心灰意冷吗?

给人间留下无数绝妙之音的老柴，本人的人生并不幸福。首先他的精神超乎寻常地敏感，心情不定，心理异常，情感上似乎有些病态。他每次出国旅行，哪怕很短的时间，也会深深地陷入思乡之痛，无法自拔。他看到别人自杀，夜间自己会抱头痛哭。他几次患上严重的精神官能症，他惧怕听一切声音，有可怕的幻觉与濒死感。当然，每一次他都是在精神错乱的边缘上又奇迹般地恢复过来。

在常人的眼中，老柴个性孤僻。他喜欢独居，在 37 岁以前一直未婚。他害怕一个"未知的美人"闯进他的生活。他只和两个双胞胎弟弟莫迪斯特和阿纳托里亲密地来往着。在世俗的人间，他被种种说三道四的闲话攻击着，甚至被形容为同性恋者。为了瓦解这种流言的包围，他几次想结婚，但似乎不知如何开始。

1877 年，他几乎同时遇到两个女人，但都是不可思议的。

第一位是安东尼娜。她比他小九岁。她是他的狂恋者，而且是突然闯进他的生活来的。在老柴决定与她订婚之前，任何人，包括他的两个弟弟都对这位年轻貌美的姑娘一无所知。据老柴自己说，如果他拒绝她，就如同杀掉一条生命。到底是他被这个执着的追求者打动了，还是真的担心一旦回绝就会使她绝望致死？他们婚姻的全过程如同一场飓风：订婚一个月后随即结婚，而结婚如同结束。脱掉婚纱的安东尼娜在老柴的眼里完全是陌生的、无法信任的，甚至是一个"妖魔"。她竟然对老柴的音乐一无所知。原来这个女子是一位精神病态的追求者，这比盲目的追求者还要可怕！老柴差一点自杀，他从家中逃走，还大病一场。他们的婚姻以悲剧告终，这个悲剧却成了他一生的阴影，他从此再没有结婚。

第二位是富有的寡妇娜杰日达·冯·梅克夫人。她比他大九岁。是老柴的一位铁杆崇拜者。梅克夫人写信给老柴说："你越使我着迷，我就越怕同你来往。我更喜欢在远处思念你，在你的音乐中听你谈话，并通过音乐分享你的感情。"老柴回信给她说："你不想同我来往，是因为你怕在我的人格中找不到那种理想化的品质，就此而言，你是对的。"于是他们保持着一种柏拉图式的纯精神的情感，互相不断地通信，信中的情感热切又真诚。梅克夫人慷慨地给老柴一笔又一笔丰厚的资助，并每年付给他六千卢布的年金。这个支持是老柴音乐殿堂一个必要的而实在的支柱。

然而过了十多年之后（1890年9月），梅克夫人突然以自己将要破产为理由中断了老柴的年金。后来，老柴获知梅克夫人根本没有破产，而且还拒绝给老柴回信。此中的原因至今谁也不知，但老柴本人却感受到极大的伤害，他觉得往日珍贵的人间情谊都变得庸俗不堪。好像自己不过靠着一个贵妇人的恩赐活着罢了，而且人家只要不想搭理他，就会断然中止。他从哪里收回这失去的尊严？

正是在这样的背景下，老柴搬进了克林镇的这座房子。我对一百多年前老柴真正的状态一无所知，只能从这座故居求得回答。

进入柴可夫斯基故居纪念馆临街的办公小楼，便被工作人员引着出了后门，穿过一条布满树荫的小径，来到一座带花园的两层木楼。楼梯很平缓也很宽大。老柴的工作室和卧室都在楼上。一走进去，就被一种静谧、优雅、舒适的气氛所笼罩。老柴已经走了一百多年，室内的一切几乎没有人动过。只是在1941年11月德国人来到之前，苏联政府把老柴的遗物全部运走，保存起来，战后又按原先的样子摆好。完璧归赵，一样不缺——

工作室的中央摆着一架德国人在彼得堡制造的黑色的"白伊克尔"牌钢琴。一边是书桌，桌上的文房器具并不规整，好像等待老柴回来再收拾一番。高顶的礼帽、白皮手套、出国时提在手中的旅行箱、外衣等，有的挂在衣架上，有的搭在椅背上，有的摆在墙角，都很生活化。老柴喜欢抽烟斗，他的一位善于雕刻的男佣给他刻了很多烟斗，摆在房子的各个地方，他随时都可以拿起来抽。书柜里有许多格林卡的作品和莫扎特整整一套72册的全集，这两位前辈音乐家是他的偶像。书柜里的叔本华、斯宾诺莎的著作都是他经常读的。神经过敏的老柴在思维上却有着严谨与认真的一面。他在读列夫·托尔斯泰、屠格涅夫和契诃夫等作家的作品时，几乎每一页都有批注。

老柴身高1.72米，所以他的床很小。他那双摆在床前的睡鞋很像中国的出品，绿色的绸面上绣着一双彩色小鸟。他每天清晨在楼上的小餐室里吃早点，看报纸；午餐在楼下；晚餐还在楼上，但只吃些小点心。小餐室位于工作室的东边。只有三平方米，三面有窗，外边的树影斑斑驳驳投照在屋中。现在，餐桌上摆着一台录音机，轻轻地播放着一首钢琴曲。这首曲子正是1893年他在这座房里写的。这叫我们生动地感受到老柴的灵魂依然在这个空间里。所以我在这博物馆的留言簿上写道：

"在这里我感觉到柴可夫斯基的呼吸，还听到他音乐之外的一切响动。真是奇妙至极!"

在略带伤感的音乐中,我看着他亲手挂满四壁的照片。这之中,有演出他各种作品的音乐会,有他的老师鲁宾斯坦,以及他一生最亲密的伙伴——父母、姐妹和弟弟,还有他最宠爱的外甥瓦洛佳。这些照片构成了他最珍爱的生活。他多么向往人生的美好与温馨!然而,如果我们去想一想彼时的老柴,他破碎的人生,情感的挫折,生活的困窘,我们绝不会相信居住在这里的老柴的灵魂是安宁的!去听吧,老柴最后一部交响曲——《第六交响曲》正是在这里写成的。它的标题叫《悲怆》!那些又甜又苦的旋律,带着泪水的微笑,无边的绝境和无声的轰鸣!它才是真正的此时此地的老柴!

老柴的房子矮,窗子也矮,夕照在贴近地平线之时,把它最后的余晖射进窗来。屋内的事物一些变成黑影,一些金红夺目。我已经看不清它们到底是些什么了,只觉得在音乐的流动里,这些黑块与亮块来回转换。它们给我以感染与启发。忽然,我想到一句话:

"艺术家就像上帝那样,把个人的苦难变成世界的光明。"

我真想把这句话写在老柴的碑前。

2002 年 7 月

在俄罗斯,谁更接近大自然的灵魂

如果你独自驾车,在俄罗斯的大地上奔跑,车里再放一点音乐,你跑着跑着,就会觉得自己整个身心已然和车外的大自然融为一体了。

车窗外永远是无边的未开垦过的原野,无穷的天空,无尽无休、纵横来去的森林,以及无头无尾的河流。一切了无声息,全都静止不动,包括高悬在空中的鹰,就像停在天上一动不动,在你疾速前奔时,它们如同画一样贴在你的车窗上。

可是你绝不会感到厌倦,因为你恰恰被这一切惊呆了。尽管你去过世界无数的地方,但唯有俄罗斯的大地才会这样辽阔、浩瀚、原始、雄厚、富饶和充沛。提到富饶,还记得契诃夫那句话吧——"伟大的俄罗斯的土地啊!今天你把一根车杠插进去,明天它就会长出一辆马车来!"

地球饱满的胸膛在俄罗斯!

然而对于俄罗斯人来说,这是一种男人的父亲般的胸膛。

父亲的胸膛坚实而无畏。它永远可以依靠,风雨袭来时它总是挡在前面,生命的勇气都在男人的胸膛上。俄罗斯人不是一直从这雄性的大自然中汲取力量吗？

父亲的胸膛宽阔又坦荡。它可以承受一切，担当一切，也豪爽地给予一切。俄罗斯人最深切的人间苦难和最甜蜜的生活感受不是也全交付给大自然了？

只要欣赏一下他们的民歌、散文、小说、绘画，都会明白，他们的灵魂原是来自大自然的。这独一无二的大自然，不仅养育了他们的肉体和性格，也养育了他们的灵魂。

在莫斯科的特列嘉柯夫画廊里，我终于一个个地撞见了那些神交已久的名作。这些绘画曾经被我熟悉、崇拜，有些还虔诚地临摹过。我深刻地记着它们至关重要的细节。比如列宾《小憩》中那个睡着了的女孩轻轻压在纱巾上的下唇，再比如阿尔希波夫《洗衣妇》中老洗衣妇围裙上那几笔看似率意为之的旧黯了的红色，还有列维坦《三月》中远处树下那一块深蓝色的诱人的阴影……这些在我年轻时奉如神明之作，犹如心仪已久的伟人，现在，当它的原作突然出现在面前，我反倒不知如何欣赏它们，与它们交流。我被画外的一种东西弄蒙了。幸亏我在走进这画廊之前先有了想法，就是要弄明白，俄罗斯的画家们怎样去揭示他们大自然的灵魂。换句话说，我很想知道在俄罗斯的风景画家中，谁更接近大自然的灵魂？

希什金： 在我们眼睛后装一台相机

当阳光从斜上方穿入森林，林中的空气竟然是绝对透明的，光亮的。我们原以为森林里的空气浓重而浑浊，这完全是误解！林间只有树木的气味是浓郁的，但是在阳光穿过森林时，你就会发现，这浓烈的气息也一样透明纯净，甚至还闪闪发光呢。于是我们明白了，森林不是万木拥塞、阴暗潮湿、密不透风，而是由巨树构成的辽阔的空间和巨大的世界。在这个世界里有四季更迭，日月晨昏；有雨雪交加，烟雾缭绕；也有兴衰枯荣，生老病死；还有各种花草、虫蚁、飞鸟之间恩恩爱爱的故事。这一片片森林是一片片生命的世界。画家希什金早已成为这森林世界中的一个成员了。

说到对森林的认识，古往今来的画家中，希什金都是不可逾越的极致。森林世界中任何一个细节——哪怕是被苔藓和腐叶覆盖的残根上又钻出的一个幼小而发白的新芽，也会被他看见而绝不放过，并逼真和优美地刻画出来。即便是法国巴比松画派那些善于描写森林的大师柯罗与罗梭，都没有他这样精微与具体。我站在为希什金作品专设的展室中，感到震惊的是他的精力。一个人有多么强大的精力才能一直贯注到画面每一个细枝末节上！从每一棵树，到千枝万叶，再到林间的每一朵野花，每一根小草，哪里受光，哪里背光，甚至连树木之间树影怎样相互投射，全被他刻画得真真切切、不差分毫。

没有似是而非，没有一笔略过，没有"意到笔不到"。他把写实主义推向极端。同时他又在极端的边缘止步，没有堕入自然主义的深渊。

一个酷爱大自然的人，面对这博大的生命世界绝不会保持自然主义者的纯客观，更不可能进入不动情感的纯制作。

希什金被人们称作"森林的歌手"。他所画的一切，都是他为之感动的美丽的景象。他太酷爱森林了。他很想叫我们看到他所看见的一切，他怕我们忽略掉任何一个细节，才对所有细枝末节都不放过!

有人对他这种"森林之爱"追根溯源,一直追寻到他童年在叶拉布加的森林生活中。这种追寻真是令人神往。

一个终生把森林和树木作为描绘对象的人,一定时常会把树木拟人化。比如他笔下经常出现的那些阳光照耀中伟岸的巨树,是不是他心中的一些伟人的化身?他的知音、收藏家特列嘉柯夫称他的森林表现出"俄罗斯的性格",他作画时是不是真的有这种潜意识,乃至激情?

从绘画本身来说,希什金笔下的森林具有很强的空气感。对于风景画,比空间感更重要的是空气感。空气感就是生命感,一种生命的气息。有空气的景物是有生命的,无空气的景物是无生命的。这个道理同样表现在人物画甚至静物画中。记得我早先在美术学校教书时,一个学生问我:"空气感怎么表现?"我告诉他:"空间感可以表现,空气感却无法表现。它与技巧无关。空气感是看不见的,但是可以用视觉感觉到的。它源自画家本人的一种感觉,对生命的感觉。而这种感觉是一个真正的艺术家必备的。"其实小说散文也都有这种空气感——生命感的!好的作家在行笔过程中,总是无意间就把这种生命的气息给了你。于是,他们笔下的一切一切,包括空间,全是活生生的。

希什金天赋的空气感,使他这种极端刻意的绘画,不匠气,不雕琢,反而充满一种生命的鲜活与真切。于是,他《松林的早晨》真的又湿又凉,《密林》中厚厚的苔藓似乎可以呱唧呱唧地踩出水来。如果我们站到《傍晚的橡树》间,夕阳一准也会像照在那些大树干上一样,明媚和温暖地照在我们的脸上。

当然,我们也应该看到希什金太精确、太细致、太明快、太优美了,他又太热衷于赞美与讴歌了;这样,他必然会把森林世界的不幸与黑暗的一面藏匿了起来,而且藏得很远很深,以致我们从中寻找大自然的灵魂成了一件难事。同时,希什金太忠实于他酷爱的森林了,在他那种过分逼真的画面上,无法同时将个人的情感与思考表述出来。就像作家们的思想情感,在散文随笔中可以自由宣泄,在小说中却常常被那些主人公们特定的故事所影响。这是希什金所采用的手法给自己带来的局限吗?

当然我们不能要求风景画家一定要来揭示这个自然之魂。我只是想知道,在俄罗斯,谁更接近大自然的灵魂呢?

萨弗拉索夫: 把大自然的情感呈现给我们

面对萨弗拉索夫的《白嘴鸦归来了》,我的心好像又触到往昔的时光。我青年时临摹过它。临摹是模仿,模仿的对象就是偶像。于是这幅画深切地融入我人生的记忆中。此刻,我被它首先唤起的是那些遥远的感觉。属于往日的事物常常是那一段人生的载体,一瞬间,连我曾经临摹这幅画时那间幽暗而静谧的小屋的气味都闻到了。它几乎成了我的作品!

真没想到,《白嘴鸦归来了》原作尺寸竟然很小,临近春天开始变软的断断续续的白桦枝条略显柔弱,油彩竟然又这样薄,看上去挺像水彩画。然而自从它在1871年的巡回画展上一露面,就被视作俄罗斯风景画一座永恒的纪念碑。

由于冬天太长,俄罗斯人对春之期待,充溢着焦迫的渴望。二三月里,尽管树林光秃秃,天气还冷冽,在白日阳光的照耀下,地上积雪渐渐变薄,水塘的冰面开始消解。看!去年被严冬逼走的白嘴鸦竟然飞回来了。它们一定是从遥远和温暖的南方飞回来的。此时，它们一群群扑向树顶上去岁的老巢，站在秃枝上相互呼叫。有的白嘴鸦已经迫不及待修整起旧居来，画面左下角还有一只白嘴鸦正在拾取树枝呢。新的生活——大自然新的一轮循环竟然这样提前开始了。春天是在冬天的瓦解中开始的，寒冷的严冬是被春天硬挤走的。于是，我想起列夫·托尔斯泰在《复活》开篇所写的顽强的春草和肖洛霍夫在《一个人的遭遇》开篇所写的坚冰崩溃的顿河。我还记得《一个人的遭遇》开篇的第一句话："在顿河上游，战后的第一个春天显得特别爽朗，特别蓬勃。"一开始就春潮澎湃，催动人心。这不是对春的描述，而是俄罗斯人对春天的渴望与激情。

这幅《白嘴鸦归来了》所选择的也是寒气犹存的早春。看似平静、空阔、柔和，它的背后却涌动着对春天的迫切期待。听一听，树上那些白嘴鸦的吵闹，那是俄罗斯大地对春天的呼唤！由此我们懂得了这幅画在俄罗斯绘画史上的位置，它的意义远远超出风景画本身。它把俄罗斯人对大自然独有的情感呈现给我们。

萨弗拉索夫的另一幅名作《村道》对我同样也有着深刻的影响。记得二十世纪九十年代初，我写作陷入迷茫时，在我眼前出现一条泥泞的路，迂回曲折却通向远处。我把它画下来，以鼓励自己去与更艰难的道路较量。我把这幅画取名为《大道》。后来我翻阅一本俄罗斯风景画集时，却忽然明白，这是萨弗拉索夫对我的影响。

萨弗拉索夫与希什金是同时代人，同为风景画家，同时在当时盛行的巡回画展上展出作品。他们又几乎是同龄人，生卒年前后只差一两年（萨弗拉索夫，1830—1897年；希什金，1832—

1898年)。他们都是俄罗斯风景画的大师,然而他们的不同是:希什金展现的是俄罗斯大自然的形象,萨弗拉索夫则叫我们感受到他们对大自然的情感。但是,他们和我所寻求的似乎还差一步,那么,是谁触摸到大自然的灵魂了呢?

列维坦: 叫我们触到了大自然的灵魂

画家列维坦和作家契诃夫的气质惊人地相似。如果一边读契诃夫的《草原》,一边看列维坦的画集,就会发现他们的作品原是在相互印证。如果他俩交换手中的笔,所做的也会完全一样,那就变成了列维坦的《草原》和契诃夫的画。

他们都不去描述名山大川,只注意身边寻常的景象,乃至再普通不过的事物。比如契诃夫笔下的村民、医生、更夫、雨雪、邮差、犯人、马车、食客、老鼠和厨娘等,比如列维坦笔下的草地、水湾、村舍、洼地、河岸、围栏、麦垛、杂树、墓地和地平线等等。而且他们全都不事声张,不着意渲染,更不故弄玄虚。他们喜欢用单纯的语调叙述内在的并不平凡的意蕴。他们都是由于被这意蕴感动了,才拿起笔来。这意蕴既是大自然一种动人的本质,其中也融入了他们共同的那种气质,那种情怀,那种伤感、博爱、克制、悲悯和忧郁及其美感。

他们有时连心绪也都十分相像。

列维坦简练的色彩,像契诃夫那些白描的短句子;列维坦松散的结构,就像契诃夫那些散文式的叙述片段;列维坦很少运用对比的画面,就像契诃夫那些没有故事的小说。

然而,灵魂向来都在最真实和最朴素的地方——无论是人还是物。

所以,面对列维坦的作品,我们不是被优美的视觉感受所感染,而是被其内在的一种东西深深感动着。比如阳光下林间那种绿色的优雅,秋月下白桦树的落寞与孤单,还有白夜里村舍的那片冷寂。我看着列维坦一幅画中那一片空荡又繁盛的草原,忽然想起契诃夫的呼喊:

"在你看见而听见的一切东西里,你开始感到美的胜利,青春的朝气,力量的壮大,求生的渴望;灵魂响应着可爱而庄严的故土的呼唤,一心想随着夜莺在草原上空翱翔。在美的胜利中,在幸福的洋溢中,透露着紧张与痛苦,仿佛草原知道自己的孤独,知道自己的财富和灵感在这世界上白白荒废了。没有人用歌曲称颂它,也没有人需要它;在这欢乐的闹声中,人听见草原悲凉地、无望地呼号着:歌人啊!歌人啊!"

如果不是画家和作家告诉我们,我们能从这寻常事物中看到无言的大自然亘古以来这无边的苦痛吗?

他们听到了大自然灵魂的声音。

在特列嘉柯夫画廊中,最有力打动我的还是那幅早已印入心中的《弗拉季米尔的路》。也许我读过太多关于俄罗斯历史苦难与政治苦难的书。这条通往西伯利亚、流放政治犯的漫长必经之路,几乎就是俄罗斯人追求真理之途的象征。几天前,我在图拉一带,看过与此非常相像的一条路。在广阔的起伏不平的地势上,这条路曲折蜿蜒,纵向万里,渺无尽头。道路上压着一条条车辙的凹痕,道旁还有一些断断续续的蚯蚓状的小道,那是步行的人走出来的。无数人把他们人生的故事与线索留在上边,所以《弗拉季米尔的路》是忧伤的。多云的天空阴影不定,浩瀚的大地茫茫无涯，兀自竖立的墓碑记录着往日的悲剧，伸向天际的粗粝的路包含着一种绝望。只有在俄罗斯的原野上，道路才会是一部历史与人生大书的浓缩和图像！

列维坦与契诃夫也是一对同龄人。

契诃夫卒于1904年，享年44岁；列维坦在1900年辞世，死时40岁。他们生前是好友，他们死后留下的作品也常常叫人联想到一起。这二位英年早逝的俄罗斯巨人在一生中都完成了一个伟大的使命：契诃夫从他笔下的小人物中找到了俄罗斯人的性灵，列维坦则从他笔下的寻常景物中找到了俄罗斯大自然深在的灵魂。

大自然的灵魂不是大自然的特征。它包含着大自然与人类的共同的历史经历，它们之间从来就是相互感应、相互依托、相互塑造的。因此，最深刻的大自然之魂乃人的灵魂。从这一点上，我们便认识到列维坦在俄国风景画——乃至世界风景画中独特的意义。

我终于从三位画家的作品中一步步走进俄罗斯的大自然。希什金用刻画的手法，给我们展示俄罗斯大自然的形象；萨弗拉索夫用描述的方式，让我们感受到俄罗斯大自然迷人的情感；列维坦用发掘的手段，叫我们触到了俄罗斯大自然深刻的灵魂。

触到灵魂时无限美妙。这一瞬，我们整个心灵都感到震撼。当然，还是一种美的震撼。写到这里我忽想，我要用另一篇文章，专门探讨列维坦的色彩与笔触了。

2002年7月

今天的布拉格

布拉格对我的诱惑,除去德沃夏克、卡夫卡、昆德拉,以及波希米亚人,还有便是歌德的那句话:"布拉格是欧洲最美丽的城市。"歌德这句话是二百年前说的,那么今天的布拉格呢?在捷克做过文化参赞的诗人孙书柱对我说:"你不去布拉格会是终身遗憾。"

经历了二十世纪两次世界大战和非同寻常的社会风暴之后,布拉格会是什么样子?我想起二十世纪九十年代初一个黄昏进入"东柏林"时那种黑乎乎、空洞和贫瘠的感受。于是,我几乎是带着猜疑,而非文化朝圣的心情进入了捷克的边境。

三天后,我在布拉格老城区一家古老的饭店喝着又浓又香的加蒜末的捷克肚汤时,手机忽然响了,是孙书柱。他说:"感觉怎么样?"我情不自禁地答道:"我感到震撼!"我听到自己的声音很响亮。

布拉格散布在七个山丘上,很像罗马。特别是站在王宫外的阳台上放目纵览,一定会为它浩瀚的气概与瑰丽的景象惊叹不已。首先是城市的颜色。布拉格所有的屋顶几乎全是朱红色的,使用的是一种叫石榴石的矿物质颜料,鲜明又沉静;而墙体的颜色大多是一种象牙黄色。在奥匈帝国时代，捷克的疆域属于帝国领土的一部分，哈布斯堡王朝把一种象牙黄视为高贵的颜色，并致力向民间普及。于是这红顶黄墙与浓绿的树色连成一片，百余座教堂与古堡千奇百怪地耸立其间。这便是在世界上任何地方都见不到的城市景观。

然而捷克之美，更在于它经得住推敲。

在捷克西部温泉城卡洛维发利，我在那条沿河向上的老街上缓缓步行，一边打量着两边的建筑。我很惊讶，没有任何两座建筑的式样是相同的。它们像个性很强的女人，个个都目中无人地站在街头，展示自己。其实，这不正是波希米亚人不尚重复的性格？

在布拉格更是这样。只有在二十世纪五六十年代建造的那些宿舍楼，才彼此一个模样，没有任何美感与装饰。从中我发现，它们竟然和我们同时代的建筑"如出一炉"，这倒十分耐人寻味！

而布拉格的城市建筑真正的文化意义，是它保存着从中世纪以来，包括罗马式、哥特式、巴洛克式、青年艺术风格等各个不同时期的建筑作品。站在老城广场上，挤在上千惊讶地张着嘴东张西望的游客中间，我忽然明白，当年歌德看到的，我们都看到了。但跟着一个问题冒出来：它是如何躲过二十世纪的剧烈的政治风暴的冲击？甭说民居墙面上千奇百怪的花饰，单是查理大桥上那些来自宗教与神话的巨大的雕塑早该被"砸得稀巴烂"了！

一个城市的历史总是层层叠叠深藏在老街深巷里。布拉格这些深巷常常使游人迷路。据说卡夫卡知道这每一座不知名的老屋里的故事。他的朋友们常常看见他在这些街头巷尾或哪个门洞里一晃而过。

老街至今还是用石块铺的路。几百年过去的时光从上面碾过,一代代人用脚掌雕塑着它们。细瞧上去,很像一张张面孔,有的含混不明,有的凄苦地笑,有的深深刻着一道裂痕。街上的门都很小,然而门内都有一个小小的罗马式回廊环绕的院子,只有正午时分,阳光才会直下。站在这样的院子里就会明白,为什么卡夫卡把它称作"阳光的痰盂"。

生活在这样世界里的布拉格人,并不因此愁闷与阴郁。他们天性热爱个人的生活,专注于家庭,还有传统。他们对啤酒有天生的嗜好,一如法国人钟爱葡萄酒。每年一个捷克人平均喝掉一百五十升啤酒。而他们对音乐的热爱不亚于奥地利人。连惹起祸端而招致苏联军队把坦克开进城中的"布拉格之春",也是音乐带来的麻烦。但即使在那个非常的年代,人们去听音乐会,也照旧会盛装打扮,这样的人民会去把建筑上的艺术捣毁吗?

我则认为,我们的文化遗产所遭受的最大的破坏还是"文革"。"文革"之前,老房上那些砖雕石雕,谁会动手去砸。我们只是把它作为"无用的历史"弃置一旁。布拉格最著名的圣维特大教堂在二十世纪五六十年代,被当作工厂使用,就像天津的广东会馆。但是"文革"不仅仅举国如狂地毁灭自己的文化遗产,更严重的是对自己文化的轻视与蔑视。蔑视自己的文化比没有文化还可怕。而这种自我的文化轻蔑在功名利禄迷惑人心的当代便恶性地发酵了。于是,我便转而注目于今天的布拉格人怎样重新对待自己的文化遗产。

他们正在全面整理和精心打扮自己的城市。从外观上,将这些至少失修了半个世纪的建筑,一座座地从岁月的污垢中清理出来。同时将具有现代科技含量的生活硬件注入。他们在修整这些地面上最大的古物时，精心保护每一个有重要价值的细节。由于他们没有经过那种"涤荡一切污泥浊水"的"大革文化命"的年代，所以历史遗存极其丰厚。连各种店铺的商家也都把这些遗产引以为豪，并且印成资料与画片，赠送给客人。不像我们胡乱地扫荡之后，待要发展旅游，已经空无一物，只能靠着造假古董和编故事（俗称编段子），将历史浅薄化、趣味化、庸俗化。

从老城广场到查理桥必须经过一条历史名街——皇帝街。这条长长的窄街弯弯曲曲，顺坡而下。街两旁五彩缤纷地挤满各色小店，咖啡店、酒吧、食品店、小旅店，形形色色小商店里经营的大都是本地的特产，如提线木偶、草编人物、民间土布，以及闻名天下的玻璃器具。最小的店铺大约只有四五平方米，却都是有声有色、有滋有味，故而皇帝街是布拉格人气最旺的一条步行街。

据说十年前，有人想从美国引资对这条街进行改造，将石块铺成的路面改为平整的柏油路，将两边的商店扩宽重建。这引起很大争议。经居民投票民主表决，结果还是顺从当地人民的意见——皇帝街保持历史的原貌！

东欧国家经过几十年的巨变，几乎碰到同样一个问题：怎样对待自己的城市。从俄罗斯的圣彼得堡、德国的柏林和魏玛、匈牙利的布达佩斯，直到捷克的古城，我看到了一种共同的态度——正像我在柏林拜访过的一个负责修整历史街区的组织的名字——"小心翼翼地修改城市"，那就是用心珍惜历史遗产，全力呵护文化财富，一切为了未来。

2003 年 5 月 30 日

在芬兰的感想

在当代生活中,由于飞机误点和汽车塞车而失约是最容易被谅解的。然而,芬兰的朋友无不遗憾地告诉我,由于我迟到一天,错过了赫尔辛基大学为我在一座古堡里准备好了的别具风情的欢迎仪式。据说我当时可以在那里洗桑拿。

这使我吃了一惊。我跑了那么多国家,还没听说用洗桑拿——让客人裸一次并给蒸汽蒸得像煮熟的海螃蟹那样通红——来欢迎客人。

然而,对于芬兰人来说,洗桑拿是他们的骄傲。因为他们是这种刺激又过瘾的、像扒一层废皮那样快乐的洗浴方式的发明者。他们视桑拿为国粹,就像我们的元青花。

我想,激发出芬兰人这种发明灵感的,大概是它地处北半球极地那种直钻到骨头里的寒冷。其实对于芬兰人来说,寒冷并不可怕,从古代烧炭烤火到当今的电暖气都是人们足以驱寒的手段。可怕的是这里缺少阳光。芬兰北部一年至少五十天完全没有阳光,南部一年也有一个季度每天只有三个小时能够见到阳光。漆黑一团的生活,难免磕磕碰碰,减缓速度,更影响人的心理。想一想一天天全在闷罐似的夜里、一觉醒来还在夜里是什么滋味?

我和赫大的教授高歌先生面对面吃饭时，发现他很少说话。他相当不错的汉语足以与我交谈，但他一声不吭埋头吃着冰岛烤鱼。后来我发现其他芬兰人的话也不多，他们习惯缄默，性格含蓄，耽于安静。但安静并不沉闷，而是一种习惯了的适然。人的气质就是城市的气质，芬兰是安静的。不像法国人激情四溢，巴西人总在不停地摇动，美国人匆匆忙忙，动不动张着嘴巴哈哈大笑。

据说我来到芬兰的六月是他们"最好"的时候。直到晚间十时半了，朝西的景色依旧给阳光照耀得明媚夺目，有的树给照得像光鲜的翡翠一般。这时候，芬兰人决不会待在家里，或坐在广场上，或躺在河边，享受着太阳神一年一度稀有的恩赐。人总是缺少什么渴望什么。大自然总是给你一半的同时叫你还想着那一半。不满足是生活的本质，也是人的本质。

然而不同的是，古人对大自然充满敬畏，更多是依赖；人对大自然的要求只是生活之必需。可是被高科技武装起来的当今人类却变得欲海无边和胆大妄为了，有限的地球资源正在被挥霍。人们并不知道为了满足自己而预支了明天。我们不是正在疯狂地剥夺我们后代的一切吗?

芬兰人与大自然太密切了，十八万个围着海水的岛屿加上十八万个陆地上的湖泊构成了他们的疆土。为此，他们国旗的颜色是蓝和白，很单纯。蓝色象征着湖水和海水，白色象征着大雪覆盖的大地，而这大地上还有百分之七十是黑压压的森林。谁也无法把自己隔绝在大自然之外。然而，他们却不会填湖造地，再炒地开发；从赫尔辛基到图尔库，这些城市也不去搞什么公园化，打造什么花园城市，而是遵从大自然的天意，连草地都是自然生长出来的野草，草里开着野花，很少铺设人工栽培的草皮。一句话，他们更欣赏天然而非人为。他们还迷恋着先人留下的一种生活方式——湖边桑拿。在今天，拥有一座祖先遗留下来的湖边木屋的人，便被视为"富翁"。所谓"富"，就是可以在假期里来到湖边，全家人钻进这近乎原始的充满木头气味的房子里待几天，吸足了大自然醉心的气味。在今年被评为"欧洲文化之都"的图尔库市，有一种向客人们一半推荐一半炫耀的特制的水杯，是用树皮包着的一个素白的瓷杯。显然他们喜欢手指接触树皮——这种自然生命的触感。

芬兰和瑞典一样是讲究艺术设计的国家。他们在一切生活用品上都崇尚新颖与有创意的设计。但他们的设计中很少有商业化的花里胡哨与挤眉弄眼，而是充满一种与大自然的谐调，现代的简约，以及他们质朴与单纯的本性。

在刚才提到的芬兰人沉静的性格里，还有一种韧性的东西——这离不开他们的历史。由于地缘关系，他们地处俄罗斯与瑞典两个强国夹峙之中。虽然早早立国，但很快就称臣于瑞典，时间竟长达六百年，随后又成为瑞俄战争的胜利者沙皇俄国的大公国，直到1917年俄国十月革命后才宣布独立。六七百年来受制于他人，还会有自己吗？在如此漫长岁月等待着国家光复而从不言弃的芬兰人靠着什么活下来的？是一种坚忍顽强、令人钦佩的国家精神。我在他们民族英雄马达汉的博物馆的留言簿上写了一句话：

"世上的爱国者都是人民心中的圣人。"

芬兰人心中另一个英雄是驰名世界的大音乐家西贝柳斯，他的《芬兰颂》就像法国人的《马赛曲》和中国人的《义勇军进行曲》。这是一种真正融化到人们血液里的灼热的音乐。能进入人们血液的音乐才有生命，绝非那种我爱你不爱的哼哼唧唧。

其实，精神一直为芬兰人所尊崇。

在芬兰文学协会，我看到他们收集和整理的自己民族的民歌25万首，全都井然有序地陈放在书架上和编入数据库中。这个协会成立于1831年，远在他们国家独立之前。这件事告诉我，在他们国家没独立时，他们的文学、他们的精神一直是独立的。

我知道，芬兰是世界上人均拥有大学最多的国家。散步在赫尔辛基大学绿荫重重的校园里，当我听说这里有四万多名学生和五百多名教授，产生过五名诺贝尔奖得主，一时觉得学院里的空气都饱含着精神与学术的氧了。

有一种说法，说芬兰是"知识分子治国"，也有人反对这种说法，说"芬兰人差不多都是大学毕业，官员也都学历很高"。其实有知识的人和知识分子并非一码事。所谓知识分子是具有知识分子独立立场的人。在芬兰即使一些知识分子成为国会议员，依然保持其批评性。

批评是思想的生命方式之一，也是寻求科学与真理的最重要的途径。

在赫尔辛基海边码头上，我看到一些芬兰人，坐在简易的木椅上晒太阳，成群的海鸥在他们头上飞来飞去，从海上吹来的凉爽的风撩动着他们的额发与衣袂。他们有的捧着笔记本电脑上网，有的饮着本地人酷爱的咖啡，大多缄默不语，静静地享受着自然、传统，还有现代的文明——这便是我看到的芬兰最平凡的图画。

我没有去拍照，因为它已经深深印在我脑袋里了。

2011年8月

一个天才的悲剧

诗人阿赫玛托娃就是苦难的化身,翻译家高莽称她为"苦难的十字架"。她的命运、她的心灵、她的诗歌全都充满苦难,这是源自她忧郁又不羁的天性,还是时代性的悲剧?反正我们很少见到个人的不幸与政治的遭际双重地压在一个女人——天才的女诗人的身上。

她两次结婚两次离婚。第一任丈夫是白银时代重要的诗人古米廖夫,他们在一起八年(1910—1918年),由于性格冲突以及古米廖夫另有新欢而分开;第二任丈夫是东方学学者希列伊科,他们在一起十年(1918—1928年),因对方性情暴躁多疑而决裂。她的情人普宁是一位艺术批评家,他们共同生活的时间较长,但最终还是由于意见相左而分手。阿赫玛托娃个性强,不会顺从任何人,如果仅仅由于性格相悖而分开倒不奇怪,最不可思议的是她的丈夫和情人大多都是她诗歌的反对者。诗人古米廖夫不认为她有诗人的天资;希列伊科嫉妒她写诗,不准她在朋友面前朗诵诗,还拿她的诗稿烧火;普宁也是时时贬低她的诗,在她谈论诗歌时打断她的话,故意伤害她,因此她在与普宁十多年的生活中诗作甚少。还有比伤害和践踏诗人高贵的精神自尊更可怕的吗？她几次婚姻为什么始终陷在这种怪圈里？这个纯私人的问题中有点宿命的成分。

同时，她又是那个时代的受难者。诗人古米廖夫在"肃反"时被枪决，据说高尔基曾努力营救他，但没能成功。她儿子列夫由于思想"异端"，一次次被捕。她的诗作是官方不喜欢的。1925年苏联官方正式决定禁止出版阿赫玛托娃的作品，这等于她的精神生命遭到枪决。更严厉的打击是"二战"刚结束的1946年，联共（布）中央发动全国声讨阿赫玛托娃和左琴科，公开辱骂她"半修女半淫妇""没有思想性"和"颓废"，将她开除作家协会，直到1952年才平反。

> 我安然冷漠地用双手
> 把自己的耳朵捂住
> 免得让那些可恶的声音
> 将我忧伤的心灵玷污。

能设身处地想一想她的真实处境与感受吗？

我读了许多她的作品和关于她的书。这一次访俄，特意要到她当年生活的空间里看看，感受一下。我知道圣彼得堡有她的墓地和一处故居。我的时间少日程紧，只能选择一处，我选择她的故居，这里是她与普宁生活的地方，在她被官方禁止发表诗作那一段人生最苦闷的时期。

今天晴天，不知为什么，一走进离涅瓦大街不远的丰坦卡河河滨路，就觉得天暗下来，地上到处是半枯的黄色落叶。

阿赫玛托娃就住在一幢名叫"喷泉屋"的公寓楼，楼前是一个乱木横斜的"花园",公寓太老了,已经很破旧,一如诗人当年住在这里的样子,而且现在里边还住着人,所以博物馆没有大字招牌,只有一小块带着诗人头像的石碑嵌在墙上。她的故居在三楼,偶尔来的访者就像昔时的串门人。

她的公寓不大。朝南一排四间小屋,窗户上全是树影;朝北只是一条两米多宽的穿廊,一端是厨房,另一端堆着杂物,杂物中有书、破箱子、铁盒、旧衣服、纸筒、诗人自己绣花的一个靠垫……最使我注意的是一副滑雪板,彼得堡冬天的雪很大。

穿廊上两个小门,分别通着餐厅和书房。另两间小屋是卧室。一间卧室是她与普宁的,另一间是她与普宁决裂后暂住的。她与古米廖夫的儿子列夫一度寄宿在后边的穿廊上,也是从这里被抓走的。

阿赫玛托娃屋中只有简简单单几件家具,一张很矮的单人小床铺着黑色的床单,一个衣柜,一台留声机,一个立式的穿衣镜;她没有正式的书桌,只有一张小方桌,上边放着几页诗稿和一本诗集。有人说她常在后边厨房的窗下写东西,还有人说她半靠在长椅上写作——因为几幅朋友为她画的写生中,她都是斜靠在长椅上。其实未必,写诗都是"随遇而安"的,诗人真正的书桌是自己的心灵。

在一个木制的画架上放着她崇敬并做过研究的普希金的肖像。

博物馆工作人员告诉我,1925年后,为了惩罚她,官方一度撤掉她的购物证和医疗证,她的经济十分拮据,心情很糟。由于觉得不安全,她把偶尔写的诗,在桌上一个铜质的小烟缸里烧掉。工作人员还指着窗外不远的木叶遮蔽的地方,细看那里有一把黑色的铁椅,据说当年常常有秘密警察坐在那里盯着她的一举一动。

现在,博物馆在这把椅子上钉了一个铁牌,上边铸着阿赫玛托娃写过的一段文字:

> 有人来过,说一个月不准我出门,但要求我不时站到窗前,为的是能从花园里看到我。他们在我窗下的花园里放置了一把长椅,有特务昼夜坐在那里值守。

从窗里望着下边那把隐隐约约藏在树间的黑椅子,就能体验到诗人当时的心境了。正是这种心境,使我忽然想到她那首著名的长诗《安魂曲》中的几句:

> 我呼喊了十七个月,
> 召唤你回家,
> 我曾给刽子手下过跪,
> 我的儿子我的冤家。
> 一切都七颠八倒,无法分清,
> 今天谁是野兽,谁是人,
> 判处死刑的日子
> 要等多久才能来临?

我知道她曾翻译过两位中国古代诗人——李清照和屈原的诗,我一直不明白她为什么偏爱这两位中国诗人。现在明白了,因为一位充满女性的敏感与忧伤,一位压抑着家国的悲哀与愤懑。她身上兼有这两种体验。

苦难出诗人，愤怒出诗人，压抑出诗人，欢乐只能唱出歌来。

于是我在博物馆的留言簿上写下一句话：

"个人命运的苦难和时代的苦难，都在她一生的悲剧中，也在她永恒的诗里。"

2014 年 9 月 12 日

辑五

田野档案

晋地三忧

俗话常说,地下文物看陕西,地上文物看山西。在山西一转,果然没有虚传。倘在北京,指某一老屋,说是建自大明,必然令人愕然,并视作珍宝;但在山西,那些随处可见的古寺古塔,一问便始自唐宋!

也许真的是好东西太多,不当作宝。近几年,山西的文物充斥全国的古物市场,文物离开了它的"出生地",便失去了一半的意义。这真叫人忧虑。那么留在山西的文物的境况如何?跑到山西看看,忧心更重。尤使我所忧的乃如下三处:

一、 资寿寺的壁画脱落在即

资寿寺坐落在晋中灵石县。寺中十八个明塑罗汉头曾被盗而流落海外,后经台湾陈永泰先生重金买下,送归故里,重敷金身,资寿寺因之名噪天下。如今这些罗汉们可谓"大难不死,必有后福",寺中的守卫不再是那两位因耳聋而听不到锯佛头声音的老人,而是换上了几个耳聪目明、精力十足的年轻人。罗汉堂的屋角还安装了红外线报警器,有了"特护",足以使人心安。

可是大雄宝殿和药师殿的几面巨幅的壁画却处境不妙,前景堪忧。

依我看,资寿寺的壁画有极高的艺术水准。在我国现存的明代壁画中应属上品。在风格上,一边明显地带着唐代接受外来影响的痕迹,一边具有强烈的本土化的中原风格。大雄宝殿西壁的壁画为工笔重彩画法,富丽华贵,严谨庄重。左下角的护法神为关公。这种将民间崇拜的关公融入佛天之中的画面,极为罕见。大概与关公是山西解州人而备受晋人尊崇有关。壁画的线描精准而流畅,线条有粗细的变化,应比芮城永乐宫的壁画更具表现力。大殿东壁壁画在风格上就不同了,它明显出自另一位画工之手。这位画工还画了药师殿的壁画。他技艺超群,用笔十分精熟老到,行笔的速度很快,奔放之中极有神韵,几十平方米的壁画好似一气呵成,却毫无轻率之感。而且设色很淡,线条很突出,全幅画几乎是用线结构而成的。其线条的能力可想而知。即令是明代画坛上那些大家,有几位能有这位民间画工如此扛鼎的笔力?

然而,这些极其宝贵的壁画已经开始起甲和酥碱。大雄宝殿东西两壁壁画的酥碱处,显然已经无可救药。起甲之处,随处可见,用手指一碰,便可剥落下来。在靠墙的香案上可以看到许多剥落下来的粉末与带着色彩的碎渣。药师殿壁画受潮情况更重一些。墙壁上可见一大片依然含水的湿迹。西壁的一角已然大片大片地膨起,完全离开墙体,倘若受到震动,或者再经过几次夏胀冬缩,必然会脱落下来。

尤为叫人心忧的是,寺中对这些壁画的病害没有任何治理措施,任凭其生老病死和自然消损。我对寺中人员说,可以向敦煌研究院去求援,他们有治理壁画病害的比较先进的办法与技术。寺中人员面带困惑,显然他们是无力解决的,那么谁来挽救这病入膏肓的国宝级的壁画?非要等着哪一天壁画也被盗,成为一个事件,再来加以保护吗?

二、 应县木塔不能再上人了

看过应县木塔,我心里最想说的话,就是这一句:木塔绝对不能再上人了!

早就从媒体上获知,这座辽代木制的宝塔一如比萨塔,已经倾斜,因而受世人担忧。但到了应县木塔上一看,比料想的境况糟得多。

虽然木塔倾斜已久,但近几年变得明显加快。几年来,倾斜度加大了六十多度。现在,五层木塔(不算暗层)对外开放到第三层。就这三层来看,笔直而立的木柱已经不多。有的斜得吓人。梁柱与斗拱之间插接的木榫有的已经完全脱开。此塔是层层叠加,没有穿层的大柱。故而,整座塔的倾斜分成三截,中层向右,上层向左。这就给治理造成极大的困难。故而,治理方案一直没有确定下来。有的主张落架重建,有的主张用吊悬的方式分段调整与加固。现在所做的只是专家们对其险情随时进行监测而已。

在方案没确定之前怎么办?也就是在尚无治疗方案的情况下,怎样对待这位病体垂危的"老人"?

现在每天上塔的游客,少至一百,多至数百,旅游季节游客如云。虽然管理部门限制每次同时上塔者不能超过三十位，但依我观察毫不严格。塔大人杂，对进塔和出塔很难有效地控制。但每一位游客都会给病塔增加一百多斤的负荷。人们来回走动，还会产生震动，对病塔造成进一步伤害。我发现有的楼板踩上去已经有些颤动。可是有的游人在上面故意颠动双腿，试试楼板是否结实。因此游人上去，只能增加人为破坏的可能。木塔的每一层，至多只有一个看守者，如此力度如何能捍卫这座巨大而罕见的千年宝塔？更不用说，每一层还都有极为精美的辽塑！万一坍塌，损失无可估量！

但可能出现的事就摆在我们面前——反正这塔，无论如何也不能再上人了！

但是，一旦谢绝参观，一笔不算少的门票收入从何而来？门票一张三十元，一天至少几千元，谁来解决？

三、 悬空寺的古佛伸手可摸

在悬空寺那些搭在绝壁上的木栈道上，小心翼翼地上上下下时，我一边钦佩古人的奇思妙想，一边对古人心怀愧疚——我们这些不肖子孙把你们天才的创造糟蹋成了何种模样！

这座始建于北魏的奇寺，由于身挂悬壁，各个殿堂都十分狭小，里边供奉的神佛就在眼前。悬空寺是一座佛道相融而并存的寺庙，神佛形象十分丰富，而且唐宋以来几代的塑像都有，并多为泥塑，甚是珍贵。有的虽经后代彩绘，其筋骨与神韵仍不失原貌。可是寺中对这些神佛基本上没有保护，游人进入这只有两米进深的殿堂后，塑像就在眼前，伸手便可触摸。游人出于好奇，动手摸头摸脸，寺中又根本无人看管，故而许多塑像的脸颊、鼻尖、额头、嘴唇，全被摸得污黑。还有的游客对神佛的琉璃眼珠有兴趣，一些塑像的眼皮都被抠破。一座号称"全国重点文物保护单位"的古寺，哪里还有尊严可言？简直是游客登梯爬高，"玩玩心跳"的娱乐场！

更可悲的是，悬空寺的另一边，竟然新修了一条水泥栈道，扶摇而上，中间还要穿过一张俗不可耐的巨大的黄色龙嘴，其终点居然也是一个架在崖壁上的红色仿古楼殿。原来这是个新建的旅游景点，而且绝对高度还高居在悬空寺之上。这样一比，悬空寺便黯然失色，哪还称得上什么"中华一绝"，我们古人的智能不太"小儿科"了吗？

世界上哪里还会这样糟蹋自己的文化？

当然，这不是文物部门干的，而是一些非文化的单位修造旅游景点用来赚钱。

把高贵的历史文化降低为世俗玩物，是"旅游性破坏"的一种本质。

那么，这种事应该谁管？还是根本无人来管？

写到此处，由忧转愤，担心愤极失言，赶紧停笔住口。住口之前，还要说一句，赶快救救这些国宝吧！这样的国宝已经不多了！

2001 年 11 月

杨家埠的画

由济南驱车出来,一路向东,顺顺溜溜几个小时跑到了潍坊。再拐一个弯,便进入了寒亭区一个宁静和优美的小村,这就是数百年来四海闻名的画乡杨家埠。

杨家埠的男女老少,全都人勤手巧。既精于种庄稼种菜,又善于印画扎风筝。老时候这样,今儿还是这样。他们农忙时下地,潍坊出名的萝卜就是他们种出来的;农闲时人却不闲——比方现在,他们全都在家里忙着画画呢!杨家埠人最爱说的话是:"俺村一千号人,五百人印年画,五百人扎风筝。"意思是说他们全是艺术家。说话时咧着嘴笑,龇着白牙,很是自豪。

杨家埠的年画很有个性。颜色浓艳抢眼,画面满满当当,人物壮壮实实,胖娃娃个个都得有二十斤重,圆头圆脑,带着憨气,傻里傻气地看着你。再看画上的姑娘们,一色的方脸盘,粗辫子,两只大眼黑白分明,嘴巴红扑扑,好比肥城的桃。你再抬眼看一看印画的姑娘,一准得笑。原来画在画上边的全是他们自己。

他们不单画自己的模样,还画自己心里头的向往。那便是家畜精壮，人财两旺，风调雨顺，平安吉祥。所以他们最爱画送福来的财神与摇钱树，辟邪除灾的钟馗、关公和各式门神，以及神鹰与猛虎。不过杨家埠的人"画虎不挂虎"，因为杨家埠的"杨"字谐音是"羊"，老虎吃羊，所以他们家中从不挂猛虎的画。他们印虎，那是为了给别人辟邪。瞧瞧，杨家埠的人心地多么善良！

杨家埠年画与天津的杨柳青年画特点明显不同。杨柳青年画的买主多是城里的人，城里的人钱多，要求精细，所以杨柳青年画大都一半印刷一半手绘，画面的风格富丽堂皇，文气雅致；杨家埠年画的需求者全是农民，农民钱少，年画便采用套版，很少手绘。这样，刻版和套版的技术就很高。杨家埠年画一般是六套版。墨色线版之外，再套印五种颜色：红、绿、黄、紫、粉。红与绿，黄与紫，都是对比色。年画艺人有句歌："红配绿，一块肉；黄配紫，不会死。"故此，杨家埠年画的色彩分外强烈、鲜亮、爽朗、刺激，给人一种乡土艺术特有的颜色的冲击，喜庆至极。这也正是人们过年时的心理与情感的需要吧！

我这次来杨家埠，是要拜访一位老艺人，名叫杨洛书，七十多岁。听说他是杨家埠年纪最大的年画艺人，他家经营的"同顺德画店"至少有二百年的历史，而且老人仍在刻版印画。我想，在如今全国许多木版年画产地的年画产业几乎没落而成为历史的大背景中，这位老艺人该是一位奇人了。而且，为什么单单杨家埠的年画古木不倒，反而生机盈盈呢？

杨洛书老人住在村中普普通通的一个小院。院内堆着许多刻版用的木头。一南一北两房。北房内外两间，外间是画店的铺面，内间是老人干活的地方；南房支案印画。店中四壁贴满诱人的木版年画，有的是古版新印，有的是新版新印。这些新版都是杨洛书老人新刻的。刻版不是一件容易事。印画的木版为了坚实耐用，选材都是梨木，又沉又硬，年逾七旬的老人哪有这样大的力气？老人个子又小，也不壮，与我站在一起，竟矮两头，不像山东人，山东出大汉呀！但是他伸出两只手给我看，骨节奇大，还有些变形。他说：

"这手是刻版刻的，走样了。刻版得使大力气。白天刻一天，夜里两只手疼啊。"

"大爷，您得去医院看看，这怕是类风湿吧。"我说。我想他大概缺少医学常识，不懂得自己的病。

老人说："是刻版刻的。我一用劲，肚子上的筋全鼓成疙瘩！"

老人去年刻了《一百单八将》，一个好汉一张画，一张画五六块版。一年多时间刻了几百块版。今年开始刻《西游记》，连环画形式，八十幅一套。至少又是四百块版。他从哪里获得这样的激情？听说，老人的老伴患病在床。那么，老人又是为谁付出这样巨大的劳动？

老人告诉我，他爹杨俊三那代人把"同顺德"经营到了顶峰。杨俊三还将画店开到俄国的莫斯科。他拿出1917年3月13日俄方签给杨俊三赴俄开店的护照。护照上将莫斯科译成"毛四各瓦"，直叫我看了半天，才弄明白。一时，与我同来的一行人全笑了起来。

老人却没笑，脸上充满对先人成就的自豪。保住先人的业绩应是后人起码的责任。这是不是他依然奋力劳作的动力？

现今画店的经营收入是非常可观的。这两年他每年用纸八十箱，今年一百箱。每箱三刀，每刀一百张，每张印三四张画。一年单是他的"同顺德"就要卖出十万张年画。据说杨家埠全村一年卖画高达上千万张。买主除去海内外游客、各地的年画批发商，最主要的需求者仍是沂蒙山区里的农民。他们所买的年画多是门神、财神、摇钱树、猛虎、花卉和带"廿四节气表"的灶王。我对老人说：

"他们还这么爱年画吗？"

老人忽然变得挺激动，他说：

"没有年画——他们过不去年啊！"

这句话，使我一下子懂得了年画的意义。年画与年俗、与人们的生活理想早已是灿烂地融成一体。它绝非可有可无的年节的饰物，而是老百姓心灵最美好的依托。大概杨洛书老人深深感受到这一点，他才一直不肯放下手中的刻刀！

于是，我对这位老艺人肃然起敬，也对民间艺术心生敬意。

走出老人宅院，到了村口，见到几位姑娘在放风筝。这里初冬季节也放风筝吗？一问，原来杨家埠人扎好的风筝，全要试放一下。今日无云，碧空如洗，悬浮在高天的风筝叫阳光一照，极是艳丽。三五只蜻蜓，一只彩蝶，还有一幅方形的画，画上画着胖娃娃，这些不全是年画上那些常见的形象吗？

放风筝的姑娘见我很感兴趣，叫我也放一放。我大概有四十多年没放过风筝了，待怯生生接过风车和线绳，但觉线绳颇有韧性和弹力，透明的风已经强劲地传递到我的手上。我顺着线绳抬头望去，只见银白的线极长极长，画着弧线，飞升而上，到了半空，便消没在蓝天里，然后在极高的空中飞着一只大红色的蜻蜓。但是它混在其他几只风筝里，弄不清到底是不是我的。我用手抻一抻线，高天上的大红蜻蜓与我会意地点点头；我把线向旁侧拽一拽，大红蜻蜓随即转了半圈。我忽然觉得，久违的儿时的快乐又回到身上。这使我不觉玩了好一会儿。

待到了杨家埠年画博物馆，人们叫我题诗留念，提笔在手，立时有了两句：

> 民间情味浓似酒，
> 乡土艺术艳如花。

写了字，返回来坐在车上时，情不自禁接着又冒出了几句：

> 年画上天变风筝，
> 风筝挂墙亦年画。
> 七十三叟三十七，
> 杨家埠村寿无涯。

2001 年 11 月 18 日

为周庄卖画

二十世纪九十年代初（1991年）冬天，我在上海美术馆举办个人画展，其间二位沪中好友吴芝麟和肖关鸿约我去远郊的周庄一游。

那时周庄尚无很大名气，以致我听了反问道：

"值得一去吗？"

二位好友眯着眼笑而不答，似是说："那还用说。"

这眼神看来是周庄最好的广告——诱惑我去。

车子出了城还要走很长的路，随后在一片寂寞又灰暗的村落前停住。车门一开，湿凉的水气便扑在脸上。水气中分明还有许多极其细密、牛毛一般的水的颗粒。一股南方的柔情使我心动。

穿入一些窄巷，就是入村了。两边的房子大多关着门板，开了门的，里边黑乎乎的，也不见人。只有一只黑母鸡带着一群小鸡在巷子里跑来跑去地觅食。村里的人跑到哪里去了？

这天雾大。树枝、檐角、晾衣绳，到处挂着湿雾凝结成的亮晶晶的水珠。时而会有一滴凉滋滋落在头顶或脖颈，顺着后背往下滑。待到了江南水乡的生命线——那种穿村而过的小河边，竟然连河水也看不清。站在石板桥上,如在云端,四外白白的,全是流烟,只听得水鸟的翅膀用力扇动浓重的雾气时扑棱棱的声音就在头上边。更奇妙的是,看不见河,却听得到船儿吱呀呀的摇橹声穿过脚下的石桥。声音刚在左下边,几下就到右下边去了,也像一只飞鸟。

下了桥,走进一条宽一些的街上,便能看见来来去去的人影子了。古村落的活力从来就是在这样的老街上。

那时候,周庄尚未开发,却有了一点点文化的觉醒。听芝麟说,不久前,周庄刚刚度过九百岁的生日,村民们还在村口立了一块纪念碑呢。芝麟请来当地的一位文物员带领我们走街串巷,一边滔滔不绝地讲着这古村的历史,话里边带着几分自豪。不像后来的旅游向导多是取悦于游客的"买卖腔"了。

走进一幢老宅,从砖木的精雕细刻中始知周庄当年的殷富。谁想到文物员一介绍,这老宅竟是江南巨贾沈万三的故居,我马上感觉与周庄有了一种异样的亲切。这亲切感,来自童年时心爱的一本厚厚的小人书,叫《沈万三巧得聚宝盆》。故事描写心地善良的沈万三贫困交加,走投无路,一头撞向家中破墙,不料在被他撞倒的老墙里,惊现一个巨大的煌煌夺目的聚宝盆——据说是祖辈为了怕家道衰落后人受穷,秘密藏在墙中的。沈万三靠着这个聚宝盆经商发财,并用赚来的钱财济困扶危,赢得一世的赞许。且不论这小人书里有多少虚构,由于它是我儿时崇拜的画家沈曼云所画,便将这本小小的图书视同珍宝。这书一直保存到"文革",抄家后再也找不到了。以后许多年,每次想起这本失去的书,我都会生出一点点怅然,好像失去的不仅仅是这一本书。没想到这早已沉睡在记忆底层的一种情感竟在这湿漉漉而幽暗的老宅里被唤醒了。这老宅外墙的雕砖还刻着一个精巧的聚宝盆呢!

我情不自禁把这桩童年往事说给文物员听,他笑着对我说,他还能使我对沈万三印象更深一些——请我们一行吃一顿"沈家肘子"。

沈家肘子的确非同寻常。红通通、油亮亮、肥嘟嘟的大肘子端上来时,浓浓的肉香没有入口,已经先钻进鼻孔里。猪肘子有两根骨头,一根圆而粗,一根扁而细。文物员从肘子中将细骨头抽出来。这骨头又扁又长,像一柄白色的刀。拿它在肘子上轻轻一划,毫不用力,肥肥的肉便像水浪一样向两边翻卷。肘子就这样被美妙地切开了。我说就像船桨在水上一划那样。关鸿说:"划得大冯口水都出来了。"

中午过后,从沈家走出来,没几步就是河边。此刻,大雾已散。一条被两排粉墙黛瓦的小屋夹峙着的小河,弯弯曲曲伸向远方。周庄的景色真是晴时美,雾中奇——雨里呢?忽然,我注意到远处有一座两层小楼略略凸出岸边,二层的楼外有一条短短的木梯一直通到下边的水面,那里系着一条轻盈的扁舟。我指着这远处的小楼说,不用画了,这就是画。

文物员告诉我,这座如画的小房子,被称作迷楼。当年这里是个茶馆。柳亚子的南社诸友常聚在这里活动,被人误以为这些才子们叫茶馆主人的一个美丽又娇好的女儿迷住了,还闹出一些笑话来。我说:"看来周庄无处无故事。"这话本该引来文物员更得意的表情,谁料他面露一丝忧愁,还叹了口气。我问他是何原因。这原因出乎我的意料!原来迷楼的主人想拆掉房子,用卖木料的钱去盖一座新房。这是此时周庄流行起来的改善生活的一种做法。很多老房子就这么拆掉了。

我一怔,马上问道:"这座小楼的木料能卖多少钱?"

文物员说:"三万吧。"

我便说:"我来出这笔钱吧。现在正有两位台湾人在上海的画展上想买我的画,我不肯卖,但为了这座小楼我愿意卖。一会儿回上海马上就把画卖掉。咱把这迷楼留住。"

吴芝麟笑道:"大冯也被这迷楼迷住了。"

我也说着笑话:"茶馆老板的女儿至少也得一百岁了吧。"然后认真地对芝麟说,"这房子买下来就交给你们报社吧。今后再有文人来游周庄,便请他们在楼里歇歇腿,饮点茶,吟诗作画,多好。你们就拿这些诗画布置这小楼。"文人的想法总是理想主义的。

朋友们说我这个想法极妙。当日我返回上海,联系那两位台湾人,把两幅心爱的小画《落日故人情》和《遍地苏堤》卖掉,得款三万五千元,马上与周庄那位文物员联系。没想到事情不顺,过了几天才有回信。原来房主听说有人想买这座迷楼,猜到此楼不是寻常之物,马上把价钱提高到十万以上。

我一听便急了,还要再卖画,吴、肖二友对我说:"这房子买不成了。等你出到十万,他会再涨价。不过你也别急,你不是怕这房子拆掉吗?这一买,一不卖,反而不会拆了。"

此话有理。如此迷楼还立在周庄。

我写此文,不是说我曾经为周庄做过什么努力——我并没为周庄花一分钱的力气——真正为周庄立下不朽功勋的是阮仪三先生。但在周庄遇到的事令当时的我惊讶地看到,在经济生活的转型中,我们的精神家园竟然在不知不觉之中悄然无声地松垮了。

一个看不见的时代性的文化危机深深地触动并击醒了我,使我的关注点移到这非同寻常的事情上来。由此,才有了三个月后,在宁波为了保护贺秘监祠的我第一次真正的卖画捐款。

我的文化保护是以周庄为起点的。从周庄思考,从周庄行动。

2006 年 9 月

大雪入绛州

在禹州考察完钧瓷古窑出来,雪花纷纷扬扬,扑面而来,这雪花又大又密,打在脸上有种颗粒感。按计划要取道郑州和洛阳而西,经三门峡逾黄河北上,去新绛考察那里的年画。现今全国的十七个主要的年画产地中,就剩下晋南新绛一带的年画的普查还没有启动。晋南年画历史甚久,现存最早的年画就出自北宋时代晋南的平阳(今临汾)。这一带很多地方都产年画。除去临汾,新绛和襄汾也是主要的产地。二十世纪八十年代末我在京津一带的古玩市场曾买到过一些新绛的古画版。历史最久的一块画版《和合二仙》应是明代的。这表明新绛的年画遗存在二十年前就开始流失了。它原有的历史规模究竟如何、目前状况怎样、有无活态的存在,心中毫无底数。是不是早叫古董贩子全折腾一空了?

车子行到豫西,没想到雪这么大,还在河南境内就遇到严重的塞车。大量的重型载重卡车夹裹着各色小车像漫无尽头的长龙,一动不动地趴在公路上。所有车顶都蒙着厚厚的白雪,至少堵了一天了吧。我们想出各种办法打算绕过这一带的塞车,但所有的国道和小路也全都堵得死死的。在大雪里我们不懈地奋斗到天黑,又冷又饿,直把所有希望都变成绝望,才不得已滞留在新安一家旅店中。不知何故,这家旅店夜间不供暖气,在冰冷的被窝里我给同来的助手发了一个短信:"我有点顶不住了,再找机会去绛州吧!"然而,清晨起来,新绛那边派人过来,居然还弄来一辆公路警车,说山西那边过来的路还通,要我跟他们去山西。盛情难却,只好顶着风雪也顶着迎面飞驰而来的车辆,逆行北上,车子行了五个小时总算到了新绛。

用餐时,当地主人要我先不去看年画,先去看光村。光村的大名早就听到过。还知道北齐时这村子忽生异光,因名光村。主人说,你只要去了就不会后悔,村里到处扔着极精美的石雕,还有一座宋代的小庙福胜寺,里边的泥彩塑是宋金时代的呢。我明白,他们想叫我们看看光村有没有保护价值,怎么保护和开发。而今年春天我们就要启动全国古村落的普查,听说有这样好的村落,自然急不可待要去,完全忘了脚底板已经快冻成"冰板"了。

雪里的光村有种奇异的美。但我想,如果没有雪,它一定像废墟一样破败不堪。然而此刻,洁白的雪像一张巨毯把遍地的瓦砾全遮盖起来,连残垣断壁也镶了一圈白绒绒的雪,只有砖雕、木拱和雀替从中露出它们历尽沧桑而依然典雅又苍劲的面孔。令我惊讶的是,千形百态精美的石雕柱础随处可见。还有不少石础被雪盖着,看不见真容,却能看见一个个白皑皑、神秘而优美的形态。它们原是各类大型建筑坚实又华贵的足,现在那些建筑不翼而飞,只剩下这些石础丢了满地。光村原有几户颇具规模的宅院,从残余的一些楼宇中可见其昔日的繁华并不逊色于晋中那些大院。但如今损毁大半，而且毫无保护措施。连村中那座被列为国家文物保护单位的福胜寺中的宋金泥塑，也只是用塑料遮挡起来罢了。我心里有些发急，抢救和保护都是迫在眉睫了。根据光村的现状，我建议他们学习晋中王家大院和常家庄园在修复时所采用的将散落的古民居集中保护的"民居博物馆"的方式。但这需要请相关专家进一步论证，当务之急是不叫古董贩子再来"淘宝"了。因为刚刚从村民口中得知最近还有一些石雕的柱础与门狮被贩子买去了。近二十年来，那些懂得建筑文化的建筑师们大多在城里为开发商设计新楼，经常关心这些古建筑艺术的却是不辞劳苦和络绎不绝的古董贩子们，这些古村落不毁才怪呢。

从光村回到新绛县城后，这里的鼓乐团的团长听说我来新绛，特意在一座学校的礼堂演一场"绛州鼓乐"给我们看。绛州鼓乐我心仪已久。开场的"杨门女将"就叫我热血沸腾，十几位杨氏女杰执槌击鼓，震天动地。一瞬间把没有暖气的礼堂中的凛冽的寒气驱得四散。跟下来每一场演出都叫人不住喊好。演出的青年人中有的是当地的专业演员，有的是艺校学员。应该说，这里鼓乐的保护与弘扬做得相当有眼光，也有办法。他们一边把这一遗产引入学校教育，从娃娃开始，这就使传承落到实处；另一边将鼓乐投入市场，这也是促使它活下来的一种重要方式。目前这个鼓乐团已经在市场立住脚跟，并且远涉重洋，到不少国家一展风采。演出后我约鼓乐团的团长聊一聊，团长是位行家，懂得保护好历史文化的原汁原味，又善于市场操作。倘若没有这样一位行家，绛州古乐会成什么样？由此联想到光村，光村要是有这样一位古建方面的行家会多好啊!

相比之下,新绛的年画也是问题多多。

转天一早,当地的文化部门将他们保存的新绛年画的古版与老画摆满一间很大的屋子。单是古版就有近两百块。先前,新绛的年画见过一些,但总觉得它是古平阳年画的一个分支,比较零散。这次所见令我吃惊。不单门神、戏曲、风俗、婴戏、美人、传说等各类题材,以及贡笺、条幅、横批、灯画、桌裙、墙纸、拂尘纸、对子纸等各种体裁应有尽有,至于套版、手绘、半印半绘等各类制作手法也一应俱全。其中一种门神是《三国演义》中的赵云,怀里露出一个孩童——阿斗那光溜溜的小脑袋,显然这门神具有保护儿童的含意。还有一块《五老观太极》的线版,先前不曾见,应是时代久远之作。特别是十几幅美人图,尺寸很大,所绘人物典雅端庄,衣饰华美,线条流畅又精致,与杨柳青年画的"美人"有着鲜明的地域差异,富于晋商辉煌年代的华贵气质和中原文明的庄重之感。看画时,当地负责人还请来两位当地的年画老艺人做讲解。经与他们一聊,发现二位艺人都是地道的传人。所谈内容全是"口头记忆",分明是十分有价值的年画财富,对其普查——尤其是口述史调查需要尽快来做了。只有把新绛年画普查清楚,才能彻底理清晋南年画这宗重要的文化遗产。可是谁来做呢?当地没有专门从事年画研究的学者,没有绛州古乐团的团长那样的人物,正为此,至今它还是像遗珠一般散落在大地上。这也是很多地方文化遗产至今尚未摸清和整理出来的真正缘故。而一些宝贵的文化遗产在无人问津之时就已经消失了。

雪下得愈来愈大，高速公路已经封了。原计划下一站去介休考察清明文化，已经无法成行。在回程的列车上，我的心里真是五味杂陈。三晋大地文化遗存之深厚之灿烂令我惊叹，但这些遗存遍地飘零并急速消失又令人痛惜与焦急。几年来我们几乎天天为一问题而焦虑：从哪里去找那么多救援者和志愿者？到底是我们的文化太多了，专家太少了，还是专家中的志愿者太少了？

我望窗外，外边的原野严严实实而无声地覆盖着一片冰雪。

戊子春节初六

废墟里钻出的绿枝

车子驶入绵竹,这里好像刚打过一场惨烈的战争。零星的炮声——余震还时有发生。到处残垣断壁,瓦砾成堆,大楼的残骸狰狞万状。多么强烈的地动山摇,能够把一座座钢筋水泥建筑摇得如此粉碎?由车窗透进来的一种气味极其古怪,灭菌剂刺鼻的气息中还混着酒香。一问才知,剑南春酒厂的老酒缸全碎了。存藏了上百年、价值几亿元的陈年老酒全部化成气体无形地飘散在震后犹然紧张的空气里。

这使我想起五年前来考察绵竹年画时,参观过剑南春酒厂。那次,我是先在云南大理为那里的木版甲马召开专家普查工作的启动会,旋即来到绵竹。绵竹不愧是西部年画的魁首。它于浑朴和儒雅中彰显出一种辣性,此风唯其独有。绵竹人颇爱自己的乡土艺术。那时已拥有一座专门的年画博物馆了,珍藏着许多古版年画的珍品。其中一幅《骑车仕女》和一对"填水脚"的《副扬鞭》令我倾倒。前一幅画着一位模样清秀、衣穿旗袍、头戴瓜皮帽的民国时期的女子,骑一辆时髦的自行车,车把竟是一条金龙。此画所表达的既追求时尚又执着于传统的精神,显示出那个变革的时代绵竹人的文化立场。后一幅是"填水脚"的《副扬鞭》,"副扬鞭"是指一对门神,"填水脚"是绵竹年画特有的画法。每逢春节将至,画工们做完作坊的活计,利用残纸剩色,草草涂抹几对门神,拿到市场换些小钱,好回家过年。谁料无意中却将绵竹画工高超的技艺表现出来,简练粗犷,泼辣豪放,生动传神。这一来,"填水脚"反倒成了绵竹年画特有的名品。记得我连连赞美这幅清代老画《副扬鞭》是"民间的八大"呢!

那次在绵竹还做了几件挺重要的事:去探望年画老艺人,召开绵竹年画普查专家论证会。这样,对绵竹地区年画遗产的地毯式普查便开始了。普查做得周密又认真,成果被列入国家级文化工程《中国木版年画集成·绵竹卷》。其间,中国民协还将绵竹评为"中国木版年画之乡"。这来来回回就与绵竹的关系愈扯愈近。

大地震发生时,我人在斯洛文尼亚,听说震中在汶川,立即想到了绵竹,赶紧打电话询问年画博物馆和老艺人有没有问题,并叫基金会设法送些钱去。那期间,震区如战场,联系很困难,各种好消息坏消息都有,说不上哪个更可靠。回国后,便从四川民协那里得知年画博物馆震成危楼,没有垮塌,两位最重要的老艺人都幸免于难。但一个画乡棚花村已被夷为平地。更具体和更确凿的情况到底怎样呢?

这次奔赴灾区,首先是到遵道镇的棚花村。站在村子中央,环顾四方,心中一片冰冷。整个村庄看不到一堵完整的墙。只有遍地的废墟和瓦砾,一些印着"救灾"二字的深蓝色小帐篷夹杂其间。村中百户人家,罹难十人。震后已有些天,村民心情渐渐平静下来,开始忙着从废墟里寻找有用的家当,但没人提年画的事。人活着,衣食住行是首要的,画画的事还远着。

茫然中想到,最要紧的是要去看另外两个地方:一是去年画博物馆，看看历史是否保存完好；二是看看两位重要的年画传承人——老艺人现况到底如何。

年画博物馆白色的大楼已经震损。楼上的一角垮落下来，外墙布满裂缝。馆长胡光葵看着我惊愕的表情说："里面的画基本上都是好好的，没震坏。"他这句话是安慰我。我问他："可以进去看看吗？"眼见为实，只有看到真的没事才会放心。

打开楼门，里边好像被炸弹炸过，满地是大片的墙皮、砖块和碎玻璃，可怕的裂缝随处可见，有的墙壁明显已经震酥了。但墙上的画，尤其五年前看过而记忆犹新的那些画，都贴着墙排成一排，像老朋友一幅幅上来亲切地欢迎我。又见到《骑车仕女》和那对"填水脚"的《副扬鞭》了，只是玻璃镜面蒙上些灰土，其他一切，完好如昨。我高兴地和这些老相识——"合影留念"，然后随胡馆长去看"古画版库"。打开仓库厚厚的铁门，里边两百多块古画版整齐地立在木架上，毫发未损。看到这些在大难中奇迹般完好无缺的遗存，我的心熠熠地透出光来。

当我走进老艺人居住的孝德镇的射箭台村，心中的光愈来愈亮。当今绵竹最具代表性的两位老艺人，一位是李芳福，今年八十五岁。上次来绵竹还在他家听他唱关于年画《二十四孝》的歌呢。他的画风古朴深厚、刚劲有力，在绵竹享有北派宗师的盛名。地震时他在五福乡的老宅子被震垮了，现在给儿子接到湖南避灾，人是肯定没事的，灾后一准回来。另一位是南派大师陈兴才，年岁更长些，人近九十，身体却很硬朗。我见到老人便问："怕吗？"他很精神地一挺腰板说："怕什么，不怕。"大家笑了。他的画风儒雅醇厚，色彩秀丽，多画小幅，鲜活喜人。这几年，当地重视民间艺术，老人搬进一座新建的四合院。青瓦红柱，油漆彩画，当然都是自家画的。房子很结实，陈氏一家现在还住在房内。北房左间是陈兴才的画室；右间里儿子陈云禄正在印画；东厢房也是作画的作坊，陈兴才的孙子和邻家的女孩子都在紧张地施彩设色。这些天，全国各地来救灾或采访的，离开绵竹时都要带上两三幅年画作为纪念，需求量很大，在绵竹市大街上还有人支设帐篷卖年画呢。绵竹年画反变得更有名气。

如今陈家已是四世同堂。两岁的重孙儿在画坊里跑来跑去，时不时也去伸手抓画案上的毛笔，他将来也一定是绵竹年画的传人吧。

我说："只要历史遗存还在——根还在，杰出的艺人和传人还在——传承在继续，绵竹年画的未来应该没有问题。"

民间艺术生在民间，民间是民间文化生命的土地。只要大地不灭，艺术生命一定会顽强地复兴的。

在受灾最重的汉旺镇那几条完全倾覆的大街上考察时，我端着相机不断把发现的细节摄入镜头。比如挂在树顶上的裤子，死角中一辆侥幸完好的汽车，齐刷刷被什么利器切断的一双运动鞋，带血的布娃娃，一盘被砸碎的《结婚进行曲》的录音磁带和被纠结在一团钢筋中的大红色的胸罩，时间正好定格在下午两点二十八分的挂钟……忽然我看到从废墟一堆沉重又粗硬的建筑碎块中钻出来一根枝条，上边生出许多新叶新芽，新芽方吐之时隐隐发红，好似带血，渐而变绿，生意盈盈，继之油亮光鲜，茁壮和旺盛起来。它忽地唤起我刚刚在射箭台村陈家画坊中的那种感受，心中激情随之涌起，不自禁一按快门，咔嚓一声，记录下这一倔强而动人的生命景象。

2008 年 6 月 28 日

细雨探花瑶

不管雨里的山路多湿滑,尽管不断有人说"你别把冯先生扯倒",老后还是紧抓着我的手往山上拉,恨不得一下子把我拉到山顶,拉进那个花团锦簇的瑶乡。这个瑶乡有个可以入诗的名字:花瑶。

花瑶,得名于这个古老的瑶族分支对衣装美的崇尚。然而,隆回县政府为花瑶正式定名却是二十世纪末的事。这和老后不无关系。

老后是人们对他的昵称。他本名叫刘启后。一位从摄影界跨越到民间文化保护领域的殉道者。我之所以用"殉道者",不用"志愿者"这个词,是因为志愿多是一时一事,殉道则要付出终生。为了不让被声光化电包围着的现代社会,忘掉这个深藏在大山深处的原生态的部落,二十多年来,他从几百里以外的长沙奔波到这里,来来回回已经两百多次,有八九个春节是在瑶寨里度过的,家里存折上的钱早叫他折腾光了。也许世人并不知道老后何许人,但居住在这虎形山上的六千多花瑶人却都识得这个背着相机、又矮又壮、满头花发的汉族汉子,而且没人把他当作外乡人。花瑶人还知道,他们的"呜哇山歌"和"桃花刺绣"列入国家非物质文化遗产名录,老后是有功之臣,他多年收集到的大量的花瑶民歌和桃花图案派上了大用场!记得前年,老后跑到天津来找我,提着沉甸甸一书包照片。当时他从包里掏出照片的感觉极是奇异,好像一团团火热而美丽的精灵忽然往外蹿。原来照片上全是花瑶。那种闪烁在山野与田间的红黄相间火辣辣的圆帽与缤纷而抢眼的衣衫,还有种种奇风异俗,都是在别的地方绝见不到的。我还注意到一种神秘的"女儿箱"的照片。女儿箱是花瑶妇女收藏自己当年陪嫁的花裙的箱子,花裙则是花瑶女子做姑娘时精心绣制的,针针倾注对爱情灿烂的向往,件件华美无比。它通常秘不示人,只会给自己的人瞧。看来,老后早已是花瑶人真正的知己了。

老后问我:"我拉你是不是太用力了?"

我笑道:"其实我比你心还急呢。你来了多少次,我可是头一次来啊。"

这时,音乐声与歌声随着霏霏细雨,忽然从天而降。抬头望去,面前屏障似的山坡上,参天的古树下,站满了头戴火红和金黄相间的圆帽、身穿五彩花裙的花瑶女子。那种异样又神奇的感觉,真像九天仙女忽然在这里下凡了。跟着是山歌、拦门酒,又硬又香的腊肉,混在一大片笑脸中间,热烘烘冲了上来。一时,完全忘了洒在头上脸上的细雨。而此刻老后已经不再在前边拉我,而是跑到我身后边推我,他不替我挡酒挡肉,反倒帮着那些花瑶女子拿酒灌我。好像他是瑶家人。

在村口,一个头缠花格布头的老人倚树而立,这棵树至少得三个人手拉手才能抱过来。树干雄劲挺直,树冠如巨伞,树皮经雨一浇,黑亮似钢。站在树前的老人显然是在迎候我们。他在抽烟,可是雨水已经淋湿了夹在他唇缝间的半支烟卷,烟头熄了火。我忙掏出一支烟敬他。老后对我说:"这老爷子是老村长。大炼钢铁时,上边要到这儿来伐古树。老村长就召集全寨山民,每棵树前站一个人。老村长喊道:'要砍树就先砍我!'这样,成百上千年的古树便被保了下来。"

古树往往是与古村或古庙一起成长的。它是这些古村寨尊贵的象征。如今这些拔地百尺的大树,益发葱茏和雄劲,好似守护着瑶乡,而这位屹立在树前的老村长不正是这些古树和古寨的守护神吗?我忙掏出打火机,给老人点燃。老人用手挡住火,表示不敢接受。我笑着对他说:"您是我和老后的'师傅'呀!"

他似乎听不大懂我的话。

老后用当地的话说给他听。他笑了,接受我的"点烟"。

待入村中,渐渐天晚,该吃瑶家饭了。花瑶姑娘又来唱着歌劝酒劝吃了。她们的歌真是太好听了。听了这么好听的歌,不叫你喝酒你自己也会喝。千百年来,这些欢乐的歌就是酒的精魂。再看屋里屋外的花瑶姑娘们,全在开心地笑,没人不笑。

所有人都是参与者,没有旁观者,这便是民俗的本质。

老后更是这欢乐的激情的参与者。他又唱歌又喝酒又吃肉。唱歌的声音在山谷里回响。姑娘们用筷子给他夹的一块块肉都像桃子那么大,他从不拒绝。一时他酒兴高涨,就差跳到桌上去了。

然而,真正的高潮还是在饭后。天黑下来,小雨住了。在古树下边那块空地——实际是山间一块高高的平台上,燃起篝火,载歌载舞,这便是花瑶对来客表达热情的古老的仪式了。

亲耳听到了他们来自远古的"呜哇山歌"了,亲眼瞧见他们鸟飞蝶舞般的"咚咚舞""桃花裙"和"米酒甜"了,还有那天籁般的八音锣鼓。只有在这大山空阔的深谷里,在回荡着竹林气息的湿漉漉的山里,在山民有血有肉的生活中,才领略到他们文化真正的"原生态"。其他都是一种商业表演和文化作秀。人们在秋收后跳起庆丰收的舞蹈时,心中按捺不住的喜悦心情和驱邪的愿望是舞蹈的灵魂;如果把这些搬到大都市的舞台上,原发的舞蹈灵魂没了,一切的动作和表情都不过是做"丰收秀"而已,都只是自己在模仿自己。

今天有两拨人也是第一次来到花瑶的寨子里。他们不是客人,而是隆回一带草根的"文化人"。一拨人是几个来演"七江炭花舞"的老人。他们不过把吊在竹竿端头的一个铁篮子装满火炭,便舞得火龙翻飞,漫天神奇。这种来自渔猎文明的舞蹈,天下罕见,也只有在隆回才能见到。还有一拨人,多穿绛红衣袍,神情各异,气度不凡。他们是梅山教的巫师,都是老后结交的好友。几天前老后用手机发了短信,说我要来。他们平日人在各地,此时一聚,竟有五十余人。诸师公没有施法,演示那种神灵显现而匪夷所思的巫术,只表演一些武术和硬软气功,就已显出个个身手不凡,称得上民间的奇人或异人。

花瑶的篝火晚会在深夜中结束。

在我的兴高采烈中,老后却说:"最遗憾的是您还没看到花瑶的婚俗,见识他们'打泥巴',用泥巴把媒公从头到脚打成泥人。那种风俗太刺激了,别的任何地方都没有。"

我笑道:"我没看见什么,你夸什么。"

老后说:"我是想叫你看呀。"

我说:"我当然知道。你还想让天下的人都来见识见识花瑶!"

这话叫周围的人大笑。笑声中自然有对老后的赞美。

如果每一种遗产都有一个"老后"这样的人守着它多好!

2009 年 7 月